LA ESTRELLA DE DAVID
LIBRO I: RALF HOLZ

DANIEL DE CORDOVA

ANURA GROUP
anuragroup.com

El nombre ANURA y su diseño,
son marcas registradas de
Anura Group Inc.

Diseño de portada:
Antonio Calderón

ISBN-13: 978-0615589664
ISBN-10: 0615589669

Impreso en Estados Unidos de América

15 96 51

«Toda la oscuridad del mundo no puede extinguir la luz de una vela»

Francisco de Asís

Formato literario: anura®

Toda película comienza con una historia desarrollada y escrita en un guión cinematográfico. Lamentablemente solo el diez por ciento de los guiones aprobados por la industria consiguen financiamiento y sirven de matriz para los audiovisuales que deleitarán a los cinéfilos. Un guión puede demorar años o décadas en conseguir *luz verde* por un estudio, productor, director o actor. ¿Qué sucede con el otro noventa por ciento?

La editorial Anura busca la excelencia en esas obras aún no producidas y las trae al lector tal cual como el escritor o cineasta las concibió. Cada guión es depurado del tecnicismo cinematográfico y transferido a un formato híbrido de prosa estilizada cercano a la novela. Decidimos llamarlos *anura*®

Usted no leerá un guión, novela o incluso una novelización de la historia; piense en los *anura*® como películas escritas. Su peculiar estructura se adapta a las estrictas normas cinematográficas. Los capítulos se convierten en escenas y cada página impresa de historia equivale a un minuto de película editada. Este novedoso formato le permitirá visualizar en su mente la historia como si estuviera desplegada en la pantalla de un cine frente a usted.

Los *anura*® tienen un rango promedio de páginas igual al tiempo que dura una película.

La editorial Anura es la única empresa que tiene derecho legal de utilizar, desarrollar, transferir, formatear, publicar y comercializar este formato.

Para más información:
anuragroup.com

Escena: 1

Diez segundos; David Hoffnung pensaba solo en eso; diez segundos. En diez segundos saborearía la muerte.

La sangre que cubría su rostro gracias a una herida abierta en su ceja izquierda le impedía ver con claridad. De una cosa estaba seguro; se encontraba tirado sobre el musgo rodeado de cadáveres en las profundidades de un bosque.

David estaba a punto de perder la consciencia. Un sonido mecánico emitido por la apertura y cierre en la recámara de un rifle llamó su atención. Giró el rostro.

Un soldado nazi sostenía un Mauser K98; la culata la había posicionado hacia la cabeza de David. El placer de propinarle el golpe mortal se reflejaba en su rostro.

David entró en choque; su corazón latió con tanto vigor que quiso abrir un orificio y escapar.

El soldado apretó el arma; tomó el impulso necesario.

David sintió la muerte venir adherida al movimiento del rifle.

"Alto," ordenó una voz de mando.

El sadismo reflejado en el rostro del soldado cambió de súbito al odio.

Cinco; seis; siete; ocho segundos. El hermetismo en el ambiente parecía una eternidad.

"Levanta al judío," fracturó el silencio esa voz.

El soldado se puso el rifle en la espalda; agarró por el pecho a David y de un tirón lo levantó y colocó de rodillas. El crujido emitido por el golpe dio la sensación que se le habían fisurado.

"No," escarmentó la voz de mando. "Lo quiero en posición."

David sintió sus brazos ser sujetados con fuerza. Su cuerpo era suspendido en el aire como un saco de papas. La cabeza declinada hacía que la sangre de la herida brotara gota a gota y se estrellara en sus mugrientos pies.

David abrió los ojos. Un par de botas negras con un peculiar detalle en la punta dominaron la mirada de David. Levantó el rostro sin saber qué le aguardaba.

Una mano forrada con un guante de cuero negro sostenía una pistola Luger 9mm. El orificio de salida le apuntaba directo al semblante.

Un escalofrío invadió la nuca de David.

El arma fue detonada.

Una sacudida logró que un objeto le golpeara la cabeza. David despertó de un brinco y quedó sentado en la cama. Sus pesadillas regresaron como un psicópata cuando acecha a su víctima.

No reconoció el lugar. Su visión y cerebro necesitaron unos segundos para adaptarse a la oscuridad. La cabeza le dolía. Comenzó a buscar al oponente que lo golpeó. Al no conseguirlo, procedió a tantear con su mano la mesilla que se encontraba junto a la cama y logró encender una lámpara de querosén.

David se encontraba en un pequeño camarote.

Una desgastada Biblia era la responsable del dolor de cabeza. Este ejemplar había caído en el interior de una caja repleta de botellas vacías—menos una que se mantenía sin abrir. Cuando se dispuso a recoger la Biblia, otra agitación lo sacó de la cama.

"David ayúdame."

David se levantó y corrió hacia cubierta.

Millones de gotas azotaban con ímpetu al pequeño velero.

"Qué sucede."

"Una tormenta," dijo el capitán. "Me apoyaré en la baranda; cuando acerque la vela sujeta la soga en aquel amarre."

El capitán tenía problemas para asegurar la vela mayor. Eran las ocho y quince de la noche y el mal tiempo no dejaba ver la posición de las estrellas. Previendo esto, el capitán se había ajustado un improvisado casco linterna.

"El mástil se puede partir."

"Tenemos que aprovechar el viento y salir de aquí o moriremos," dijo el capitán.

Otra ola golpeó el velero.

David cayó al agua llevándose la soga consigo. Las olas empujaban su cuerpo. Su boca dejaba pasar como tubería abierta el agua de mar directo a su estómago. El instinto de supervivencia de David superó el temor que tenía. Aferró su vida a la soga.

El capitán agarró un arpón con gancho curvo y lo extendió justo cuando una ola acercó la soga. Otra ola hizo impacto. El capitán por poco no cayó al agua. La adrenalina que circulaba por su cuerpo lo hizo actuar como un relámpago. Se apoyó en la baranda y con tres movimientos sacó a David del mar como si hubiese pescado un atún. Amarró la vela y corrió hacia el timón.

"Voy a girar."

David no quería experimentar otra caída al mar. Se abrazó a los amarres como si fuera cinta adhesiva.

El velero envestía con dificultad las olas a medida que la proa buscaba el sur. La madera crujía a punto de estallar. David no aguantó los movimientos. Se vino en vómitos. Les demoró dos horas salir de la tormenta.

"Lo siento mucho," comentó David.

"No te preocupes; hay suficiente agua de mar para limpiarlo."

David se sentó apoyando su espalda contra el mástil.

El capitán lo observó.

"¿Quieres ron?"

David arqueó las cejas pero no quiso ser descortés.

"Sí capitán."

"Tenemos dos meses navegando y todavía me llamas capitán. Soy Manuel De Oliveira o simplemente Manuel." Se quitó el casco, apagó la linterna y entró al camarote en busca de la bebida.

David se hizo cargo del timón. De vez en cuando miraba hacia atrás para ver si la tormenta lo seguía. Aprovechó y limpió lo que había desembuchado.

Manuel salió a cubierta. Sostenía en una mano la botella de ron; en la otra, la lámpara de querosén.

David se encontraba arrodillado sacando agua de mar.

"Esta es la última."

"Gracias a Dios; prefiero agua de lluvia."

El rostro de Manuel parecía de piedra, sin embargo soltó una sonora carcajada.

"Toma, bebe un poco."

"Cuánto crees que falte para llegar," preguntó David mientras desprendía con sus dientes el corcho de la botella.

Manuel levantó el rostro y observó las estrellas.

"Hoy es ocho de agosto."

Miró su reloj: *10:32 p.m.*

"Mañana deberíamos estar en el puerto La Guaira."

"Nuevas tierras," susurró David. Su antebrazo izquierdo mostraba un tatuaje numérico: *1 5 9 6 5 1*

Escena: 2

A pesar de la oscuridad que reinaba en el arrecife, el característico sonido emitido por el chapoteo del agua revelaba la presencia de un pescador en plena faena.

"Otro poquito má y támos listo."

Sintió un tirón en el nylon.

"Este si es grande."

Sus brazos se tensaban a medida que luchaba para sacar un pargo fuera del agua.

"No me vas a jodé."

El tozudo pez se dio por vencido.

"Coño muchacho que belleza; debes pesá como diez kilos."

Lo sujetó por la boca y cola.

"Véngase con papá."

El pez era tan gordo que parecía lo hubiesen inflado como un globo.

"Tres má y támos listo. No jóda."

El léxico del pescador no era compatible con el uso común del lenguaje; cortaba las palabras, acentuaba donde no debía y era todo un experto en el manejo de las vulgaridades.

Lanzó de nuevo el anzuelo al agua. Un ajeno sonido llamó su atención. El pescador se levantó en el acto y de un vistazo exploró la zona.

Una silueta se acercaba derechito hacia él.

"Qué vaina es esa."

Entornó los ojos.

"Coño, es un velero. Eeepa, cuidao, me van a jodé la pesca."

David estaba abstraído. Se levantó y miró a Manuel.

"También lo escuché," dijo Manuel.

BUM.

"Qué fue eso," dijo David.

"Algo golpeó el velero," respondió Manuel tratando de

ver de dónde provenía el sonido.

BUM.

BUM.

Como no lograban ver al pescador y estaban a punto de colisionar contra él, tuvo que agarrar los peces que tenía y lanzárselos para que rebotaran contra el velero y llamar la atención. Tras cuatro intentos, los siguientes tres pargos dieron en el blanco.

"Epa coño e tu madre mira pa cá," gritó el pescador.

Manuel extendió el brazo para alumbrar con la lámpara. Un escalofrío se apoderó de su nuca.

"Estamos a punto de chocar contra un bote."

David viró el timón a estribor. Ya era tarde.

El pescador se lanzo al agua.

PUM.

Manuel extendió la lámpara.

"Allí está," dijo David.

Manuel soltó la lámpara agarró un salvavidas y se lanzó al agua.

"Coño me jodieron el peñero."

Manuel llegó y lo sujetó por un brazo.

"¿Se encuentra bien?"

"Suéltame, yo sé nadá."

"Le pido disculpas."

"Con eso no arreglas ná, coño e tu madre."

"Cálmese; claro que lo podemos arreglar, lo importante es que usted se encuentre bien."

"Cómo carajo voy a está bien si me tumbaron del peñero."

"Tranquilícese."

Mientras discutían, David tomó la lámpara y dirigió la luz hacia ellos.

"¿Se encuentra usted bien?" preguntó David en perfecto español.

"Bien mojao es lo que estoy. No vé que me tumbaron del peñero."

El peñero—bote sin cabina usado para la pesca artesanal—no se había hundido; mantenía agua en su interior.

Manuel se dio cuenta de ello.

"David, lánzame un cabo."

En cuestión de segundos la soga cayó al agua.

Manuel la tomó y la amarró a la proa del bote.

"Listo, lo podremos remolcar."

"Qué coño e remolcá."

"No se moleste," dijo Manuel.

El pescador observó el interior de su peñero.

"Mira lo que hiciste coño e tu madre; todo se fue pal fondo."

David entendió la situación.

"Discúlpeme señor; ¿me podría decir su nombre?"

"Ramón."

"Señor Ramón," continuó David, "cuánto pescó usted hoy."

"Me faltaban tres pa veinte y ustedes me vinieron a jodé."

"Discúlpeme nuevamente señor Ramón; ¿me puede informar en cuánto vende usted cada pez?"

"Qué voy a vendé hoy si no hay ná."

"Solo dígame en cuánto vende usted cada pez."

"Pué a como va sé, a real."

"¿Real venezolano?" preguntó Manuel.

"Qué otro real conoce usted, guevón," dijo Ramón en un tono irónico, "de bola que es real venezolano."

Manuel había estado en Venezuela y conocía la moneda local. Hizo unos cálculos.

"Toda la pesca equivale a diez bolívares," dijo Manuel mirando a David.

"Señor Ramón, por favor cálmese y escúcheme. Tiene todo el derecho de estar molesto. Fue error nuestro no verlo a tiempo. Su trabajo del día fue a parar al fondo del mar."

"Pué sí."

"Le parecerá extraño pero nos sentimos agradecidos que usted nos haya alertado de la forma como lo hizo."

"¿Cómo es la vaina?"

"No se sienta mal por esa pérdida. Le compraré los veinte peces.

La expresión en el rostro de Ramón, mostraba como si le hubiesen lanzado un balde de agua helada.

"Yo pesqué diecisiete."

"Pescó diecisiete y su meta diaria son, ¿veinte?"

"Sí, pa podé vendé todo."

"Si no fuera porque nos atravesamos en su ruta, ya hubiese pescado los veinte."

"Con qué me va a pagá; usted no tiene real venezolano. Además los pargos están pal fondo."

"Nosotros causamos el accidente, a su bote no le pasó nada y usted se encuentra bien. Su trabajo del día se lo destruimos. Es nuestra responsabilidad. Tengo moneda venezolana; el señor Manuel me la dio antes de emprender el viaje a Venezuela. Le voy a dar veinte bolívares. Por favor acéptelos."

Ramón por poco no se ahogó.

"Mi nombre es David Hoffnung y mi amigo que está flotando junto a usted es el capitán Manuel De Oliveira."

"¿Le gustaría subir a bordo?" preguntó Manuel.

"Cla cla cla claro mi hermano."

El amanecer comenzó a mostrar los primeros rayos de luz. La claridad se fue adueñando del entorno. A lo lejos se apreciaban hileras de cocoteros que protegían como centinelas el acceso a la costa.

David se quedó maravillado ante el paisaje.

"Es Choroní," comentó Ramón. "Si quieren podemos ir pa la orilla. Yo vivo más adentro."

Manuel no conocía esa playa.

"¿Está muy lejos de aquí el puerto La Guaira?"

"¿El gran puerto?" preguntó Ramón.

"Sí. Tenemos que llegar al puerto."

"¿Y del puerto pa dónde van?"

Ramón no pudo evitar la curiosidad.

"Tenemos que subir a Caracas," dijo Manuel, "luego David tiene que ir a una ciudad llamada Maracay."

"Maracay está cerquita de aquí."

Los párpados de Manuel se abrieron de tal forma que los ojos casi saltaron de sus cuencas.

"¿Cerca de aquí?" Titubeó por un momento. "Cómo hago para llegar."

"Pué deje el velero cerca de la orilla, vaya pal pueblo y hable con José pa que lo lleve pa Maracay."

"¿Dejar el velero aquí sin cuidado? No no no no no."

"Yo se lo cuido."

"¿Cuidármelo?; de ti será. No vas a estar todo el día vigilándolo."

"Yo vivo solo por aquí. Los otros pescadores viven pal otro lado y el pueblo está a treinta minutos a pie desde la orilla."

Manuel frunció el ceño.

"No se preocupe, nadie se lo va robá. Yo le explico cómo llegá pal pueblo."

David se dirigió a Ramón al ver la inquietud de Manuel.

"Qué tan lejos queda Maracay desde el pueblo que usted menciona."

"Si José no amaneció borracho el los podrá llevá y en dos horas estarán en Maracay."

"¿Un borracho nos llevará?"

Manuel volvió a colocar su cara de piedra.

"Si no tomó anoche debe de está bien de la cabeza pa manejá."

"¿Si no tomó anoche?; válgame Dios con lo que me consigo por aquí."

"Te preocupa dejar solo el velero," dijo David. "Si quieres yo me quedo con Ramón mientras vas a la ciudad. En lo que regreses me explicas cómo emprender mi viaje hacia Maracay."

"No puedo dejarte solo. Es mi responsabilidad cuidarte y llevarte a salvo donde Forse–"

"¿Forseti está aquí?" interrumpió David.

Manuel al verse descubierto se sintió obligado a confesarle la verdad.

"Sí, en Maracay."

"Me debe una respuesta," susurró David. Caviló por un instante. Apoyó sus manos en la baranda del velero. "Ve tranquilo; lo que mas puedes tardar entre ir y venir son unas seis horas. Por favor trae a Forseti."

"Lo vé, ya somos dos," dijo Ramón a Manuel; ambos flotaban meciéndose como un par de boyas ancladas.

El irrebatible argumento de David logró su efecto en Manuel.

"Está bien."

Fulminó a Ramón con la mirada y le fue directo: "Me cuidas a David con tu vida y al velero con tu sangre o verás a un portugués hecho una furia."

Ramón entrelazó los dedos de ambas manos.

"Por este puño'e cruces le juro que cuido su velero y al señor David."

Subieron a bordo.

Ramón se percató que dos de los pargos que lanzó contra el velero se encontraban en la cubierta de proa.

"Servirán pal desayuno."

Escena: 3

El gustoso pescado frito era despojado de su carne a medida que David le incrustaba los dedos.

Ramón se había esmerado en prepararle un desayuno especial.

"Qué tal el parguito."

"Delicioso," dijo David. Engulló un trozo del pargo y detalló el hogar de Ramón.

La choza tenía todo integrado en un espacio reducido de una planta. En una de sus esquinas, un improvisado fogón donde preparaba la comida; cercano al fogón, una mesa para colocar los comestibles que compraba en el pueblo; en la otra esquina colgaba una hamaca; lo único que no tenía el humilde hogar era un baño. Afuera estaba adosada una mesa cuadrada justo al lado de la puerta bajo una de las dos ventanas. Un taburete hacía juego con la mesa; David se encontraba sentado en él.

Ramón no se había percatado de la inspección que David le hizo a su hogar; estaba ocupado en la limpieza del sartén.

David posó su mirada en el plato y reanudó el desayuno. Mordió otro bocado de una masa de maíz tostada y engulló un pedazo de plátano verde frito.

"Cómo llamas a esta masa."

"Arepa."

"Exquisita."

Tomó entre sus dedos dos pedazos de plátano frito.

"¿Y estos?"

"Tostones."

David se los introdujo en la boca.

"Su sabor se aseme–" Intentar hablar con la boca llena no es recomendable; como era de esperarse, se atragantó.

Si el proceso de metamorfosis se pudiera aplicar a Ramón, David lo hubiese confundido con un mono. Se había trepado en un cocotero, desprendió un coco y bajó como un rayo. Tomó un cuchillo grande al que los pobladores denominan machete y de un machetazo cercenó uno de sus costados.

"Tómese esto."

David no paraba de toser; sujetó con ambas manos el coco y procedió a beber su contenido. Los ojos se le habían enrojecido; las lágrimas trataban de limpiarlos.

"Yo la bebo todos los días pero no como su carne porque me dan muchas ganas de cagá y tengo que corré pal hoyo."

David casi se ahogó; esta vez fue debido al prosaico comentario de Ramón.

"Muchas gracias por su hospitalidad."

"Yo no soy rico pa tené un hospital pero si necesita un doctor, en el pueblo hay uno muy bueno. La otra vez me sacó una muela. Como me dolía esa coño e madre."

"Lo que quise decir era que le daba las gracias por ser tan bueno conmigo y brindarme el desayuno."

"¡Ah!, pué por nada mi hermano."

David bostezó. Ramón lo observó. Se apresuró a descolgar la hamaca.

"Si quiere dormí sabroso lo voy a llevá pa una sombra bien buena."

David se levantó y agarró su plato.

"Deje eso ahí; yo lo guardo despué."

"Muchas gracias Ramón; usted es muy amable."

"Qué es esa vaina."

"Que usted es una buena persona."

"¡Ah!, gracias pué."

Caminaron de vuelta a la orilla hasta un lugar de espigados cocoteros. Allí Ramón buscó la mejor sombra y procedió a colgar la hamaca.

David estaba fascinado con el lugar; la vista al mar, el sonido de las olas y la cantidad de cocoteros prodigaban una sensación de paz.

"Usted tiene aquí un inagotable suministro de cocos."

"No me puedo quejá; tengo agua pa rato," dijo mientras apretaba el último amarre. "Venga y acuéstese."

"Se ve muy cómoda," dijo David mientras se sentaba en ella. Empezó a mecerse y miró hacia los racimos.

"No se preocupe que no le va a caé un coco encima," le aseguró Ramón. "Yo voy pal pueblo. ¿Necesita algo?"

"No, gracias."

"Bueno, nos vemos más tarde."

A pesar de haberlo conocido hace unas horas, David estaba sorprendido por la amabilidad de Ramón. Se acostó e intentó descansar.

Escena: 4

Un judío herido gritaba del dolor. Sangre brotó de su rodilla derecha. No pudo mantener el equilibrio; se fue hacia atrás y derrumbó a dos prisioneros.

David vio a uno de ellos tendido en el suelo. Le sujetó el brazo.

"Suéltalo," gritó un soldado. Golpeó a David en la pelvis con la culata del rifle.

David gimió y soltó el brazo del prisionero.

El soldado hizo una seña a su compañero de armas.

El otro soldado observó a los tres judíos que yacían en el suelo. Midió el ángulo, apretó su rifle y se colocó en una posición que solo adoptan los francotiradores.

De un disparo les quitó la vida.

David despertó del susto y perdió el equilibrio. Se salió de la hamaca e impactó en la arena.

"¿Qué fue eso? ¿qué fue eso?" gritó Ramón. Corrió para ayudarlo.

David escupió la arena que tenía en la lengua.

"Coño señor David me cagó del susto."

David respiró profundo.

"Estoy bien; solo fue una pesadilla."

"Pa los malos sueños hay un buen remedio. Recuéstese del cocotero y mire pal mar por un rato, con eso va quedá fino."

David le hizo caso y apoyó su espalda en un tronco.

"Ya le bajo un par de cocos."

"Gracias Ramón."

Los rayos de luz que lograban filtrarse entre las palmas permitían apreciar las facciones de David; nariz larga y perfilada, abundante cabello negro y penetrantes ojos azules. Su atractivo porte europeo marcaba un contraste con la fisonomía de Ramón.

"Cuidao, aquí van cuatro," gritó Ramón desde lo alto

del cocotero.

"Cómo los abrirá; no veo que traiga consigo su cuchillo."

"¿El machete?, no hace falta. Ya vas a vé."

Bajó y sacó de su bolsillo una piedra afilada, recogió uno de los cocos y con golpes cortos pero certeros abrió uno de sus costados.

"Tenga."

"Gracias Ramón."

Tomó un sorbo y plasmó su mirada en el mar.

Ramón cogió otro coco, lo abrió y se sentó cerca de David.

"Qué lo tiene tan triste."

"¿Has estado en alguna guerra?" dijo David sin dejar de mirar el mar.

"Sí," dijo Ramón. Pensó por un momento. "Hace ocho años fui con José pa San Fernando de Apure pa pescá en el río unos caribes (nombre con el que se conoce en Venezuela a las pirañas); cuando capturé uno, se me escapó. Metí la mano en el río pa agarrálo y otro coño e su madre se me pegó en el deo y comenzó a mordémelo. Mire—le mostró la cicatriz. Casi me lo arrancó ese hijo e puta. Entonces le dije: ¿ah eres arrecho?, como no me paró bola, lo maté a punta e mordiscos."

"Que experiencia tan dolorosa." Volteó el rostro y lo miró fijamente. "Hubiese dado todo por haber vivido aquí con mi familia antes que estallara la guerra en mi país."

"¿Y cuál es su país señor David?"

"Soy alemán."

"¿Y queda muy lejos de aquí alemán?"

Ramón parecía un niño cuando le interesaba algo. Hacía preguntas inocentes pero sabía escuchar.

"Soy alemán porque nací en Alemania."

"¡Ah! ya entiendo; entonces yo soy chorinán porque nací en Choroní."

David titubeó.

"Ramón, ¿este país se llama Choroní?"

"¡NO!, Venezuela—se dio una palmada en la frente—

que bruto soy, si mi país es Venezuela entonces soy venezolano y Choroní es el pueblo donde nací."

"Para venir desde Alemania, puedes tomar un barco en el norte."

"¿Y usted lo tomó ahí?"

"No, mi situación fue diferente. Estaba en Austria; un país fronterizo al sur de Alemania. De ahí fui enviado a Suiza; otro país."

"Y qué hacía fuera de su país."

"Era prisionero de guerra. Logré escapar."

Ramón mantenía la boca abierta mientras sus dedos jugaban nerviosamente con la abertura del coco.

"Forseti me rescató y llevó hasta la frontera de Suiza; ahí me presentó a Manuel De Oliveira; él se ocupó de mí y custodió desde ese punto en adelante. Atravesamos otros países; Francia y España. Finalmente llegamos a Portugal. En la ciudad de Lisboa se preparó el viaje y aquí estamos gracias a una tormenta que nos agarró desprevenidos y sacó de la ruta original."

Ramón abrió los ojos, pensó por un momento.

"¿Y su familia?"

David bajó la mirada.

"Fue asesinada."

Ramón arqueó las cejas y se tragó toda el agua de coco.

"Cómo lo rescató el señor Fuertote."

David volvió su mirada al mar.

"Todavía me cuesta comprender cómo lo logró."

David clavó su mirada en Ramón.

"Soy judío."

"Cómo no va a está jodío si le mataron a su familia."

"Judío Ramón, no jodío. Judío es una palabra que nos identifica como un grupo de personas que profesamos una fe."

"¡Ah!"

"El régimen que gobernó en mi país nos odió y casi nos exterminó."

"Yo creo en mi virgencita; ¿cómo me llamaría?"

"Cristiano."

"Claro, cristiano." Pensó por un momento. "Los que mataron a su familia de qué religión son."

"Es un grupo político militar pero por su fanatismo parece una religión. Se llaman nazi."

"Que religión tan rara es el nazi," dijo Ramón. "El presidente Angarita también es un militar como casi todos los que han pasao. El no nos ha matao; si lo hace voy a tené que llená el peñero con bastantes pargos y remá bien lejos."

David frunció el ceño.

"No se preocupe señor David, eso casi no pasa aquí. Cuando viene un militar a goberná, otro lo tumba. Se parecen a los caribes; andan en grupo y se ven tranquilos. Si consiguen comida se vuelven unas fieras y se matan entre ellos." Agarró otro coco, le abrió un costado y tomó un sorbo. "Entonces quién jodió a su familia."

El rostro de David se mantuvo inexpresivo. Volvió a mirar el mar.

Escena: 5

El polvo que flotaba en el aire se podía ver con facilidad gracias a una imponente Luna llena que dominaba con su luz desde el cielo. Una brisa gélida de primavera permanecía en el ambiente; penetraba sin dificultad entre los orificios de paredes desnudas, marcos sin vidrios y edificios sin techos. Ellos, como cadáveres de cemento y piedra son remanente de testigos silenciosos de lo que una vez fue la vibrante Núremberg al sureste de Alemania.

En la madrugada de un jueves 29 de marzo de 1945, el silencio del lugar fue fracturado por el crujir de la madera al ser sometida a la combustión. Cerca de una de las plazas centrales en el interior de un edificio de cinco pisos parcialmente destruido vive escondida una mujer; Rebecca Hoffnung, la hermana de David.

Su aspecto es lamentable; en un estado involuntario de desnutrición no dista mucho de ser confundida con un esqueleto envuelto como rollo de pabilo por capas de mugrientos harapos. Aunque parece una niña, Rebecca tiene treinta y tres años. Sus chispeantes ojos azules permanecían abstraídos ante el baile seductor de las flamas mientras su cuerpo absorbía el calor.

Un estremecimiento envolvió la fragilidad de Rebecca; su estómago le imploró alimento. Se levantó, caminó hacia un armario, abrió una de sus puertas, extrajo una arrugada bolsa de papel marrón y una botella casi a terminar de agua. Regresó a la fogata, se sentó y sacó de la bolsa el último pedazo pan.

Un Mercedes Benz 170V negro se detuvo cerca del edificio. El conductor bajó del carro; atraído por la iluminación en el segundo piso. Miró su reloj, encendió un cigarrillo y caminó con cautela hacia la desolada edificación.

Rebecca masticaba veinte veces cada fragmento para lograr mayor absorción de los nutrientes. Procedió con otro bocado y sus respectivas veinte molidas. Se llevó a la boca lo que quedaba de pan. Un olor a nicotina la alertó. El trozo de pan negro se zafó de sus dedos y golpeó el suelo. Rebecca palideció.

Una macabra silueta la observaba entre la penumbra.

"Qué haces aquí."

Rebecca no respondió; el temor cosió sus labios. Sus ojos permanecían clavados en la silueta.

"Te hice una pregunta judía de mierda."

"No, no por favor," susurró Rebecca.

Al estar oculto entre las sombras, solo se distinguía un emblema encima del bolsillo derecho del traje que portaba este hombre: *un águila sosteniendo una esvástica*; suficiente para causar terror a cualquier judío. El nazi aspiró otra bocanada, tiró el cigarrillo y caminó lentamente hacia Rebecca.

Escena: 6

Loki Laufey apagó los faros y el motor para rodar tres metros más y aparcar su Mercedes Benz 230 Lang dos bloques antes de llegar a su destino final. Siempre hacía esto por medidas de seguridad cuando iba a un lugar.

Loki es poseedor de un porte regio mirada aguda y mandíbula ancha. Su fornido cuerpo estaba cubierto con un impecable traje negro y sobretodo de lana gris plomo.

Miró su reloj: *3:51 a.m.*

"No por favor," gritó una mujer.

Loki se alertó. Bajó del carro y corrió hacia la esquina. Se asomó y observó un Mercedes Benz parado cerca del edificio de donde provenían los gritos. Exploró la zona con la mirada. Sacó del interior de su traje una pistola Luger 9mm. Sus sentidos se agudizaron. Caminó a paso veloz. Llegó hasta el Mercedes Benz 170V. Observó su matrícula; *WH-24840*.

"No puede ser," susurró.

Entornó los ojos y con un movimiento rápido de cabeza intentó localizar otro vehículo.

"Maldita perra," gritaron desde el segundo piso.

Loki levantó la mirada. Vio un destello de luz cerca de una ventana. Apretó el arma y entró al edificio.

Rebecca fue lanzada hacia una pared; rebotó como una pelota y cayó al piso. Intentó levantarse; el dolor en la pierna derecha la imposibilitaba. Su rostro sangrante obtuvo un nuevo inquilino; una herida profunda.

El nazi profirió unas palabras. Rebecca estaba aturdida. Solo logró escuchar: *«la encontré escondida como una rata»*

Un silencio tenebroso se apoderó del lugar.

Cinco; seis; siete; ocho; nueve segundos.

El corazón de Rebecca latió con tanta fuerza que quiso salir de su pecho y escapar ante la inminente muerte de su dueña.

Rebecca abrió los ojos. Un par de botas negras con un peculiar detalle en la punta dominaron su mirada. Un escalofrío invadió a Rebecca. Estiró su temblorosa mano para palpar las botas. Uno de sus dedos estuvo a punto de tocar el borde frontal de la suela. La bota fue retirada.

Rebecca levantó el rostro. Una mano forrada con un guante de cuero negro sostenía una pistola Luger 9mm. El orificio de salida le apuntaba directo a la cara. Rebecca entró en choque; lágrimas invadieron sus ojos.

Loki estaba a dos peldaños de llegar al segundo piso. Escuchó una detonación seguida por la caída de un cuerpo.

El humo que salió de la boquilla de la Luger se disipó. El disparo lo efectuó el General—*Obergruppenführer*—Ralf Holz.

Loki pisó un fragmento de vidrio.

Ralf reaccionó. Volteó y apuntó hacia la entrada. Fue recibido por Loki quien también lo apuntó a la cara. Observó el cadáver.

"Van a evacuar al grupo B de Gusen," dijo Loki. "Sé a donde van." Dejó de apuntarlo.

Ralf todavía conservaba una implacable mirada. Bajó el arma.

"Sal y espérame veinte minutos."

Loki abandonó la habitación.

Ralf giró el rostro, bajó la mirada y observó el cadáver.

4:14 a.m.; Loki encendió el vehículo. Accionó la marcha y se desplazó lentamente hacia la esquina. Giró y observó a Ralf esconder un bulto en el asiento trasero del Mercedes Benz 170V negro.

Ralf percató la presencia de Loki. Se montó, desplazó el Mercedes hacia una esquina y lo aparcó en el interior de un edificio en ruinas. Salió del vehículo y se introdujo en el Mercedes Benz de Loki.

Loki lo observó.

"Tranquilo," dijo Ralf, "el mío está resguardado."

Escena: 7

Un remanente de veinte prisioneros judíos—agrupados en dos filas—se desplazaban como autómatas por una carretera al norte de Austria. Cada extremo lo custodiaba un soldado *SS-Totenkopfverbände*.

Los prisioneros parecían esqueletos vestidos con traje a rayas. Algunos de ellos llevaban puestos gorros de la misma tela de sus trajes. Otros tenían sus cabezas rapadas. Sus miradas ausentes de vida seguían el ritmo que daban sus pies al deslizarse como si estuvieran lijando el asfalto. Al final de las filas se encontraban David Hoffnung en una y su hermano Daniel en la otra.

"Ewald," gritó un soldado a su compañero.

El soldado que custodiaba la parte frontal de las filas giró el rostro.

El otro soldado levantó la mano y le hizo una seña.

"Alto," gritó Ewald a los prisioneros.

El grupo se detuvo en seco.

Ewald caminó hacia su compañero sin dejar de mirar al grupo; si alguno de ellos se atrevía a levantar la mirada, sería ejecutado.

"Qué sucede Fritz," dijo Ewald.

"Voy a orinar; ¿tienes un cigarrillo?"

Ewald buscó dentro del compartimiento de uno de los estuches ajustados a su correa y sacó un par de cigarrillos. Los encendió. Le entregó uno a Fritz y el otro se lo llevó a la boca.

"Regresa a tu posición," dijo Fritz mientras caminaba hacia el tronco de un pino. Colocó el rifle en su espalda y se abrió la cremallera.

Delante de David había una judía. Esta mujer giró el rostro para ver si Fritz la miraba.

Fritz se encontraba de espaldas a ella. La judía se agachó y bajó el pantalón.

"*Por favor levántate,*" susurró Daniel en yídish—

idioma empleado por los judíos en Europa Central.

La judía ni se inmutó; orinó sobre el asfalto.

Cinco; seis; siete segundos.

La judía recibió un disparo en la cabeza. El proyectil salió del cráneo de ella y fracturó la rodilla de un judío en la otra fila.

Ewald se alertó. Escupió el cigarrillo y tomó el rifle.

El judío herido gritaba del dolor. Sangre brotó de su rodilla derecha. No pudo mantener el equilibrio; se fue hacia atrás y derrumbó a otro prisionero y a Daniel.

David vio a su hermano tendido en el suelo. Le sujetó el brazo.

"Suéltalo," gritó Fritz. Golpeó a David en la pelvis con la culata del rifle.

David gimió y soltó el brazo de su hermano.

Fritz le hizo una seña a Ewald.

Ewald observó a los tres judíos que yacían en el suelo. Midió el ángulo, apretó su rifle y se colocó en una posición que solo adoptan los francotiradores.

De un disparo les quitó la vida.

"Recójanlos y tírenlos detrás de los pinos," les gritó Fritz a ocho prisioneros.

David tomó por los brazos a su hermano. Otro judío lo ayudó y sujetó a Daniel por los pies. Lo mismo hicieron los seis prisioneros con los tres cadáveres restantes. El resto del grupo se mantuvo inmóvil.

Fritz abrió la recámara de su rifle; del interior saltó un casquillo dando giros en el aire.

Ewald se acercó a la posición de su compañero y observó la recámara.

"Cuántas cargas te quedan."

"Una," dijo Fritz. Observó al resto de los prisioneros.

"Yo tengo cuatro en la recámara y una carga en el estuche," dijo Ewald.

Fritz giró el rostro. Observó la profundidad del bosque.

Escena: 8

Loki mantenía la vista fija en la carretera. De vez en cuando chequeaba el tablero para cerciorarse de cuánto combustible le quedaba. La aguja marcaba medio tanque; el de la velocidad, cincuenta kilómetros por hora.

Se habían consumido dos bidones de gasolina de los cuatro que reposaban en el asiento trasero.

Loki miró su reloj: *10:38 a.m.*

"Cómo obtuviste esa información," preguntó Ralf. Se masajeaba una pronunciada cicatriz en forma de gusano con ocho pares de puntos de sutura en la palma de su mano derecha.

"Anke."

Ralf detuvo el masaje y miró a Loki.

"¿Te acostaste con la mujer de Sven?"

"Me debía un favor."

"Esa mujer es horrible."

"Pero funcionó," replicó Loki. "Tenemos la ubicación del campo."

Ralf giró el rostro para ver los pinos que bordeaban la carretera.

"Si esto es Gunskirchen, este bosque tiene la espesura suficiente como para..."

"Continuar con operaciones militares sin ser descubiertos," terminó de confirmar Loki.

Ralf caviló unos segundos; algo llamó su atención.

"Detén el auto."

"Qué sucede," preguntó Loki mientras aplicaba los frenos.

"Las hojas de pino no cubren la carretera de esa forma."

Ralf se ajustó los guantes negros, salió del auto y caminó hacia el borde de la carretera.

Loki abrió la guantera del Mercedes. Extrajo su pistola.

"Ejecutaron a más de uno aquí," dijo Ralf.

Apartó con su bota las hojas de pino amontonadas.

Loki observó una mancha de sangre en el asfalto.

Ralf se agachó para tener la vista a ras del suelo y poder ubicar los cadáveres.

Un pie sobresalía detrás del tronco de un pino.

"Espera aquí," le dijo Ralf a Loki.

Se acercó al pino y se detuvo en el acto.

Loki no pudo ver la reacción en el rostro de Ralf; se encontraba de espaldas, pero el movimiento que hacía con la cabeza era suficiente para alertarlo.

Ralf giró y miró a Loki.

"Guarda tu arma y espera aquí."

Dio media vuelta y se internó en el bosque.

Loki no tuvo expresión en el rostro. Se mantuvo quieto mientras observó a Ralf desaparecer. En una cosa no lo obedeció; no guardó el arma.

Escena: 9

No habían transcurrido diez minutos de haberse internado en el bosque cuando los diecisiete prisioneros restantes sentían que sus cuerpos no respondían ante las órdenes de Ewald y Fritz. Aferrarse a lo que les quedaba de vida era el motor que los impulsaba a caminar.

David—último en una de las filas—, no podía hacer el menor ruido; lloraba en silencio. Detrás de él se encontraba Fritz.

Su dolor fue interrumpido por dos sonidos: la asfixia mecánica de una judía de la otra fila y el quejido de la prisionera que marchaba delante de él.

Fritz lanzó una mirada a cada judía. El sadismo invadió su rostro. Sacó de su mochila un trozo de pan negro y caminó hasta colocarse al lado de la prisionera que se sujetaba la barriga.

Fritz pegó la lengua al paladar para cargarse de saliva. Escupió en el trozo de pan y lo acercó a la boca de la prisionera.

Un judío que marchaba al lado de ella observó la asquerosidad que Fritz hacía. Desvió la mirada; vio una roca en el camino. La esquivó de un brinco.

La judía que estaba más preocupada de su asma que del camino no se percató del salto que dio su compañero. Su pie tropezó con la roca. Perdió el equilibrio. Un efecto dominó sucedió. La judía junto a seis prisioneros de la otra fila y Fritz cayeron.

Ewald giró el rostro. Vio a su compañero de armas tendido en el suelo.

Dos judías ubicadas al comienzo de las filas respiraron profundo y comenzaron a correr.

"Alto," gritó Ewald.

Las judías no obedecieron la orden; seguían corriendo. Una de ellas se desplazaba en sentido recto; la otra en zigzag. Ewald apretó el rifle y apuntó a la que corría en línea recta. Las judías se alinearon. Ewald disparó. Las judías cayeron de bruces muertas en el acto.

Fritz observó a la judía que estaba encima de él—era la que tenía el pan en la boca—; la agarró por el cuello colocó una rodilla en el suelo y con la otra le partió la nuca.

Los ojos de Ewald estaban inyectados en sangre. Volteó el arma dejando la culata en sentido contrario. Giró el rifle con tanta violencia que le fracturó el cuello a otro judío.

En una de las filas quedaban cinco prisioneros de pie. El que se encontraba adelante no paraba de temblar y llorar. Ewald lo miró. Colocó una pierna hacia atrás y se puso en ángulo de tiro hacia esa fila. Levantó el arma y disparó. El proyectil atravesó los cuellos de los cinco prisioneros. Los judíos cayeron al unísono muertos en el acto.

Fritz disparó a otro de los judíos que permanecía tendido en el suelo. Volteó el arma y con la culata le partió la garganta a otro prisionero. Recargó su arma y disparó al cráneo de la judía que había provocado la caída.

David permaneció inmóvil. Ewald mató al prisionero que se encontraba al lado de David. Recargó el arma y lo apuntó.

Fritz le hizo una seña con la mano. Ewald dejó de apuntar a David; gastó su última bala en otro prisionero.

Fritz observó a David. Le golpeó la ceja izquierda con la culata del rifle. David se desplomó. La herida en su ceja izquierda comenzó a brotar sangre y cubrió su rostro. Se llevó la mano izquierda hacia su pecho y apretó la camisa a rayas.

Fritz se acercó. Apartó con sus botas los cadáveres que yacían junto a David.

"Gorro," ordenó Fritz.

David se quitó el gorro con su mano derecha. Su cabeza tenía un corte particular; una franja de cinco centímetros de ancho afeitada en su totalidad desde la frente hacia la nuca.

Se escuchó un disparo. Ewald le quitó la vida a otro prisionero.

Fritz notó que David se apretaba el pecho. Introdujo la bota entre el antebrazo y tórax de David. Le apartó la mano.

Un cordón sobresalió cerca del cuello de la camisa. Fritz se lo arrancó. Abrió la mano y observó lo que sujetaba. Su rostro cambió de expresión.

Entre sus dedos reposaba una pequeña *Estrella de David* de madera. Un repentino asco le produjo a Fritz sostener ese objeto en su mano. Miró a David. Le escupió en la cara y lanzó la estrella hacia uno de los pinos.

David estaba a punto de perder la consciencia. Un sonido mecánico emitido por la apertura y cierre en la recámara de un rifle llamó su atención. Giró el rostro.

Fritz sostenía el Mauser K98; la culata la había posicionado hacia la cabeza de David. El placer de propinarle el golpe mortal se reflejaba en su rostro.

David entró en choque; su corazón latió con tanto vigor que quiso abrir un orificio y escapar.

Se escuchó una detonación. Ewald terminó con la vida de otro prisionero.

Fritz apretó el arma; tomó el impulso necesario.

David sintió la muerte venir adherida al movimiento del rifle.

"Alto," ordenó una voz de mando.

El sadismo reflejado en el rostro de Fritz cambió de súbito al odio. Levantó el rostro. En ese instante se paró firme y extendió el brazo derecho. Ewald hizo lo mismo.

Ralf permanecía inmutable. Su presencia causaba impacto; no tanto por su traje o rango militar, era su porte; fiel representación del prototipo de la raza Aria. Su mirada penetrante intimidaba a cualquiera que intentara revelarse en su contra. Levantó su mano derecha respondiéndoles el saludo. Observó los cadáveres.

Cinco; seis; siete; ocho segundos.

El hermetismo en el ambiente parecía una eternidad.

"Levanta al judío," ordenó Ralf.

Fritz se puso el rifle en la espalda; agarró por el pecho a David y de un tirón lo levantó y colocó de rodillas. El crujido emitido por el golpe dio la sensación que se le habían fisurado.

"No," escarmentó Ralf. "Lo quiero en posición."

Ewald se acercó. Sujetaron con fuerza los brazos de David y levantaron su cuerpo como un saco de papas. La cabeza declinada hacía que la sangre de la herida brotara gota a gota y se estrellara en sus mugrientos pies. David abrió los ojos. Un par de botas negras con un peculiar detalle en la punta dominaron la mirada de David. Levantó el rostro sin saber qué le aguardaba.

Ralf miró a David. Sacó la pistola Luger del abrigo y le apuntó directo al semblante.

Para David, reconocer que su verdugo era Ralf, fue más doloroso que los golpes propinados por Fritz.

Ya era tarde; un escalofrío invadió su nuca.

Ralf accionó el gatillo.

Escena: 10

La forma en que la nieve cubría los pinos de un bosque daba la sensación de ser una zona virgen, pero en el interior de esa arboleda había una casa. Su estructura era deplorable; parecía que hubiese pasado un tornado y luego fuera habitada por mil arañas. Lo extraño del lugar: un hacha clavada en el tronco de un pino; un vehículo Peugeot 201 azul marino—con un impacto de bala en el vidrio frontal—aparcado a un extremo de la casa y el humo que salía de la chimenea.

Una danza seductora de llamas mantenían enrojecidos cuatro troncos mientras se consumían en la chimenea de una habitación del piso superior. Si alguna de las teas convulsionara y saltara de su lugar, incendiaría todo el recinto; sus vetustas paredes, piso y techo, eran de madera. En una de las paredes había una cama adosada junto a la ventana. En otra pared, un raído armario de dos puertas y seis gavetas y una mesa de pino con rastros de perforaciones y quemaduras; en su centro—formando un triangulo—un vaso a medio llenar de whisky, una cajetilla de cigarrillos y una pistola Luger.

Un humo grisáceo se adueñaba del ambiente. Se intensificaba a medida que un hombre lo exhalaba. Era Ralf. Su mirada seguía como un anzuelo las formas serpenteantes de las flamas que se reflejaban en sus ojos; a pesar de tener las pupilas dilatadas, podía distinguirse en ellos un azul marino intenso. Ralf no tenía puesta su camisa. Su torso mostraba años de entrenamiento físico y dieta balanceada. La única alteración de esta estatua de carne y hueso era una herida sangrante cerrada con cuatro puntos de sutura en su pectoral y omóplato izquierdos. Aspiró otra bocanada. Lanzó el cigarrillo hacia la chimenea. Bebió lo que quedaba de whisky. Cerró los ojos, tomó el arma y se apuntó debajo de la quijada. Su corpulencia lo traicionaba a medida que hacía presión con el dedo índice. Comenzó a temblar. Sangre brotó por los orificios de la herida. Sus mandíbulas oprimían de tal forma sus dientes que parecía se fueran a pulverizar. Ralf no pudo accionar el gatillo. Colocó abruptamente el arma en la mesa. Su respiración entrecortada duró unos segundos. Se tranquilizó. Miró su pectoral; se encontraba irrigado en sangre. Dedujo que la herida en su espalda seguía el mismo camino. Levantó el rostro y observó el arma. Finalmente posó su mirada en el suelo. Había algo en el ajado armario que le producía desasosiego.

Escena: 11

El chasquido emitido por tres comensales a medida que deglutían enormes porciones de carne y repollo daba la sensación que en esa mesa habían jabalíes; la diferencia: eran tenientes de la *Wehrmacht*.

"Deja la botella aquí," ordenó uno de los oficiales al mesero que pasaba frente a ellos.

"Enseguida le traigo otra," farfulló el mesero a quien por poco se le cae la que sostenía en la bandeja. "Esta es para aquellos caballeros."

El oficial que tenía la boca llena de salsa clavó la mirada impregnada de odio en el pobre hombre, pero al ver que señalaba una de las mesas adosada a una ventana cerca de la entrada comprobó que uno de los comensales era Ralf.

El mesero se desplazó hacia esa mesa. Por su forma de caminar revelaba que había sufrido un accidente en su pierna derecha.

Ralf fruncía el ceño cada vez que presionaba el cuchillo para cortar una chuleta de cerdo. El mango se le incrustaba en la palma de la mano derecha.

Loki vigilaba cada movimiento de Ralf sin mediar una palabra. Lo que llamó su atención: Ralf no se quitaba los guantes negros; ni siquiera para comer.

"Aquí tienen caballeros," dijo el mesero en un tono amable mientras llenaba las copas.

Ralf se dio por vencido; emplazó el cuchillo sobre el plato.

"¿Me puede traer agua?" pidió Loki.

"Con gusto señor," respondió el mesero. Observó la copa de Ralf; se encontraba vacía. "Mejor les traigo la jarra." Colocó la botella de vino sobre la mesa y se retiró para atender a una mujer que había levantado el brazo.

"Me puedes decir qué es lo que te pasa," dijo Loki. "Seis meses sin poder localizarte; me mandas una carta;

me citas a este lugar; le pides a ese mesero que nos siente específicamente en esta mesa; a él por poco no le dio un infarto al verte y en lo que va de tiempo solo has movido los labios para comer."

Ralf levantó la mirada. Sus ojos daban la impresión de que encerraban un misterio que Loki necesitaba saber. Tomó un sorbo de vino y posó la vista en la ventana que daba hacia una calle angosta parcialmente cubierta de nieve.

Loki entornó los labios y decidió beber un poco de vino.

Ralf introdujo su mano en el abrigo; sacó un sobre cerrado y lo colocó sobre la mesa.

Loki puso la copa junto al plato, tomó el sobre de un crema casi inmaculado y lo observó. Tenía en su zona frontal varios manchones de sangre. Lo volteó. Un sello de cera roja en el que se distinguía una esvástica relucía en todo el centro.

"¿Puedo?"

Ralf asintió.

Loki presionó el sello con los pulgares, lo partió y sacó un par de hojas dobladas también salpicadas de sangre. Procedió con la lectura mientras Ralf miraba a través de la ventana.

El aspecto de las edificaciones que bordeaban la calle revelaba una antigüedad ajena en ciudades vecinas. Techos rojos a dos aguas y paredes de piedra—algunas recubiertas de musgo. A lo lejos, una catedral gótica con dos torres y un puente de piedra que conectaba la ciudad.

Ralf regresó de sus pensamientos. Observó a su amigo.

Loki finalizó la lectura. No supo qué hacer; las manos le temblaban. Guardó las hojas dentro del sobre y lo colocó en la mesa con el sello hacia abajo.

"La primera hoja es para ti," dijo Ralf. "Prométeme que lo harás."

Loki bebió un sorbo de vino y miró a Ralf.

"Nos conocemos desde aquel Congreso en Núremberg cuando apenas eras un *Sturmbannführer* de la

Leibstandarte. Sabes muy bien que puedes confiar en mí."

Ralf lo miró con seriedad. Se pasó el dedo índice por el labio superior.

"Eso fue por tu bienestar como individuo," dijo Loki. En ese momento levantó la mirada. Detrás de Ralf se acercaba uno de los oficiales del grupo de la *Wehrmacht*.

"Pero miren a quién tenemos aquí. El gran Ralf Holz," comentó el oficial al darle una palmada en el omóplato izquierdo.

Ralf tensó las venas del cuello.

Loki comprobó que Ralf estaba mal herido.

"Sven," dijo Ralf en un tono pausado pero seco, "qué te trae por aquí como perro faldero."

"Pensábamos que estabas muerto."

"Te aturde más verme con vida o las condecoraciones que engalanan mi traje."

Sven no pudo ocultar el odio; le brotaba por los poros.

Ralf miró al mesero.

"Qué hace parado ahí como un idiota. Sirva el agua."

El mesero tenía rato detrás de Loki. No se atrevía interrumpir la discusión entre dos nazis.

"Me permite señor," dijo el mesero.

Sven se hizo a un lado.

Al mesero le temblaban las manos. Sostuvo firmemente la jarra y comenzó a llenar las copas.

Sven bajó la mirada y se percató del sobre. Intentó posar sus dedos en la mesa. Ralf estiró el brazo y le apretó fuertemente la muñeca. Sven dio un brinco y tropezó al mesero. Este perdió el equilibrio y derramó la copa de vino en el plato de Loki. Sangre comenzó a brotar del guante de Ralf. El sobre se manchó. Loki arqueó las cejas, tomó el sobre y lo guardó en el interior de su propio traje. El mesero tenía la piel como si le hubiesen arrojado un saco de harina de trigo. Intentó limpiar con un paño el vino derramado en el plato.

"Retírese," dijo Loki.

El mesero pegó la carrera directo a la cocina. Ralf soltó

la muñeca a Sven quien parecía un toro furioso.

Sven le espetó: "Qué dirá Dietrich cuando sepa que has estado oculto todos estos meses."

Ralf se levantó. La diferencia de estatura entre ellos hacía parecer a Sven como un pigmeo; solo medía un metro sesenta y cinco centímetros, cara de buldog y una barriga que parecía un balón. A Ralf le faltaban dos centímetros para llegar a los dos metros de estatura. Su porte parecía haber sido cincelado por los dioses nórdicos.

"Cuando te dirijas a un General, primero le haces un saludo; si te lo permite, puedes hablarle," dijo Ralf. Miró el traje de Sven. "No haces honor al uniforme." Se sentó sin mediar otra palabra.

Sven se paró firme golpeó sus talones y extendió el brazo derecho.

"Vete de aquí," ordenó Ralf.

Sven recogió el saludo observó a sus colegas y se retiró.

Los tenientes se levantaron y le siguieron.

Loki observó a los otros comensales. Al verse descubiertos volvieron a enterrar sus cabezas como avestruces en sus respectivos platos de comida.

Loki miró la ventana. Tomó un bolígrafo del interior de su traje. Vio que no tenía dónde escribir. Se sacó el sobre.

"Discúlpame; tengo que usarlo."

Entornó los ojos y escribió una secuencia de palabras divididas en cuatro oraciones en la cara frontal del sobre. Lo guardó y clavó su mirada en Ralf.

"Sven ha sido un dolor de cabeza desde que ingresó al ejército," dijo Ralf. "Quiso formarse en la *Leibstandarte* pero su estatura lo traicionó. Probó en otras divisiones; no lograba pasar los exámenes. No le quedó otra alternativa que hacer carrera en la *Wehrmacht*."

Loki frunció el ceño.

"Sabes que *Waffen-SS* y *Wehrmacht* no han sido compatibles en los campos de batalla y reuniones oficiales. El deseo de Sven ha sido siempre las condecoraciones."

"A Sven le sorprendió verte con vida," dijo Loki. "Qué me dices de tus heridas." Sacó el sobre y señaló la sangre que lo manchaba.

Ralf lo miró sin inmutarse. Se quitó el guante y le mostró a Loki la palma de la mano derecha. Tenía una pronunciada herida en forma de gusano cerrada con ocho pares de puntos de sutura.

"Esa no es la única," dijo Loki. Le miró el pectoral izquierdo.

Ralf se ajustó el guante y bebió un sorbo de vino.

"Voy a necesitar un favor de tu parte."

Loki no pronunció palabra alguna.

Escena: 12

El asfalto temblaba a medida que una caravana de siete tanques de combate blindados (un tiger y seis panzer), se desplazaban por una carretera en los bosques de las Ardenas. El tiger que comandaba la caravana disminuyó la velocidad al llegar a una recta.

"General, la vía está bloqueada," dijo el operador de radio. Todos los tripulantes cargaban audífonos.

"Detén el tanque," ordenó Ralf al conductor.

El operador de radio se comunicó con los demás conductores.

La caravana se detuvo.

Desde la ventanilla del piloto se podía apreciar un humo negro. Dos panzer destruidos obstaculizaban la carretera a unos trescientos metros de la caravana.

Ralf abrió la cúpula y se asomó. Observó los tanques. Tomó los binoculares y exploró la zona.

La nieve cubría parcialmente la vía. A los lados se mantenía lisa; como si nadie hubiese caminado por ahí.

Ralf analizó la situación.

"Que dos panzer avancen por el flanco izquierdo y uno por el derecho."

El operador se comunicó con la caravana.

Tres panzer rompieron filas; bordearon la carretera y se adentraron en la nieve. Avanzaron cien metros. Uno de los panzer que iba por la izquierda estalló.

Tres; cuatro; cinco segundos.

Estalló el segundo panzer.

El tanque que avanzaba por la derecha se acercó a los panzer destruidos que obstaculizaban la carretera. Los bordeó y se incorporó en la vía.

"General," dijo el comandante de ese panzer, "hay una carretera en el bosque. Puede ser una trampa."

"Cómo está la vía principal."

El operador retransmitió el mensaje.

"Hay nieve pero creo que pode—"

Ralf observó una tercera explosión.

"General, los ingenieros pueden detectar la minas," dijo el comandante de otro de los panzer.

"No tenemos tiempo. Entraremos por esa vía. Avancen," ordenó Ralf.

El resto de la caravana bordeó la carretera por el flanco derecho.

Ralf se mantuvo alerta ante cualquier anormalidad en la nieve que pudiera sugerirle la presencia de minas.

"Detén el tanque," ordenó Ralf al estar cerca de la desviación. Observó la carretera que se internaba en el bosque. Midió visualmente la distancia que había entre los pinos y pensó por un momento. "Que los tres panzer se adentren y estén alerta. Nosotros iremos por ese lado del bosque."

"Sí mi General."

Los panzer tomaron la desviación.

"Cuánto queda de combustible."

"Para dos horas mi General."

La tripulación aguardó la orden de Ralf.

"Los americanos pretenden emboscarnos. Se llevarán una sorpresa." Ralf cerró la cúpula. "Adelante," ordenó.

El tiger giró en la desviación, salió de la vía y se internó por el bosque.

Escena: 13

La soberbia máquina de guerra se abría paso derribando algunos pinos pequeños. Habían transcurrido cuarenta y cinco minutos desde que se internaron en el bosque.

Ralf abrió la cúpula y se asomó. Se colocó los binoculares y exploró la zona.

"Ubícate entre aquellos pinos."

El tiger avanzó hasta detenerse en el punto indicado.

Ralf divisó los tres panzer destruidos; estaban en un área abierta de la carretera a un kilómetro de distancia.

"Esperaremos aquí." Introdujo la cabeza y cerró la cúpula.

Un frente helado pasó por la zona. La nieve comenzó a cubrir la carretera, pinos y al tiger.

"Treinta minutos y el combustible se agotará," dijo el conductor.

El sonido de varios motores fracturó el silencio del lugar.

Cuatro tanques sherman aparecieron en el área abierta de la carretera.

"Vienen en formación de cruz," dijo el cañonero.

"Preparen," ordenó Ralf.

El cañonero apuntó al sherman que iba al frente.

"En mira."

"Fuego."

El cañón disparó un proyectil.

El sherman explotó. Los que avanzaban por los laterales se desorientaron. Uno de ellos disparó hacia el bosque. Erró el blanco.

"En mira."

"Fuego."

El segundo sherman explotó.

"General, el cuarto sherman detectó nuestra posición," dijo el operador de radio.

El operador de municiones colocó un proyectil en la recámara.

El tercer sherman intentó ocultarse entre los tanques destruidos y evitar el impacto del cañón del tiger.

"En mira."

"Fuego."

El tercer sherman recibió el impacto en su costado. Toda la tripulación murió.

El cuarto sherman aceleró.

"General, se acerca el sherman," dijo el operador.

"Ese pino obstaculiza el giro del cañón. Retrocede."

El conductor accionó la reversa.

El sherman había llegado. La distancia que lo separaba del tiger era suficiente para lograr un impacto letal. Comenzó a girar el cañón.

"Recarga," pidió el cañonero mientras giraba la mira.

El operador de municiones montó otro proyectil en la recámara.

"Colócate en otro ángulo," ordenó Ralf al conductor.

Los cañones de ambos tanques se acercaban a sus respectivos blancos.

El tiger retrocedió y cambió de posición.

"En mira."

"Fuego."

Ambos tanques dispararon al mismo tiempo. El sherman explotó. El tiger recibió el impacto en su costado derecho; suficiente para penetrar el blindaje y matar al operador de radio y al conductor.

Ralf abrió la cúpula y salió. Lo siguieron el cañonero y operador de municiones. Ralf observó ambos tanques. El tiger quedó inhabilitado.

"General, veo una villa al noroeste," dijo el operador de municiones.

Ralf tomó los binoculares y observó el punto señalado.

A través del lente se magnificó un poblado parcialmente destruido. Varias de las casas tenían boquetes en las paredes y techos.

"Hubert, trae las armas."

"Enseguida General," respondió el cañonero.

"Tenemos que conseguir un vehículo en el poblado," dijo Ralf al operador de municiones.

"¿Y si no tiene combustible?"

"Le sacamos al tiger lo que le quede."

Hubert asomó la cabeza por la cúpula. "¿Desea el Mauser?"

"Y las granadas," dijo Ralf. Revisó el estuche de su pistola ajustado a la correa. "Tráeme dos municiones para la Luger." Giró el rostro. "Wiebe ayúdalo."

El operador de municiones se montó en el tiger y tomó cuatro granadas Modelo 24.

Ralf se quitó el abrigo, lo volteó y colocó. Vestía ahora camuflaje blanco.

Hubert tenía en las manos dos fusiles de asalto StG 44 y el Mauser. Ralf se acercó y agarró el rifle con mira telescópica. Wiebe le entregó dos granadas y las municiones de la pistola Luger.

"Saca dos granadas más y los cascos," dijo Ralf a Hubert. "Y cambien a camuflaje blanco."

Wiebe se volteó el abrigo, agarró dos granadas y cargó uno de los fusiles. Ralf preparó el Mauser y comprobó la mira. Hubert llevaba puesto su casco; saltó del tiger con el resto de las granadas, el fusil y los cascos. Se volteó el abrigo.

"El trayecto será largo. Iremos por el bosque," dijo Ralf.

El trío se desplazaba con dificultad; la nieve les llegaba a la mitad de los muslos. Ralf extendió el brazo. Hubert y Wiebe se detuvieron. Ralf veía el poblado, pero algo en el bosque lo alertó.

"¿Qué sucede General?" preguntó Wiebe.

Ralf tomó el rifle y llevó la mira telescópica a su ojo. "Ocúltense."

Hubert y Wiebe se agacharon detrás de un pino.

"Aliados. Dos al noroeste; armas pesadas. Seis al noreste; ametralladoras. Uno al norte; ametralladora y...

tres al este; ametralladoras." Giró el rostro. "Hubert, desplázate hacia el noreste. Wiebe, mantén bajo perfil hacia el norte. Esperen el primer disparo."

Hubert y Wiebe rompieron filas. Ralf se enterró en la nieve. Se colocó en posición de tiro que impedía a los Aliados ubicarlo. Esperó unos minutos. Hubert y Wiebe estaban ya en sus posiciones.

Primera detonación.

Wiebe observó cómo el soldado ubicado al norte cayó muerto.

Hubert lanzó una granada al grupo ubicado al este. Esta explotó. Los tres soldados murieron. Los Aliados comenzaron a disparar hacia el bosque. Wiebe enfiló su fusil contra el grupo ubicado al noroeste.

Ralf abatió a un soldado del grupo grande. Escuchó el disparo de un rifle. Volteó el rostro y observó a Hubert tendido en el suelo con un agujero en la frente.

Wiebe lanzó una granada al grupo grande. Esta explotó y mató a dos soldados.

Ralf aprovechó el humo y acabó con la vida de los tres soldados restantes de ese grupo.

Los Aliados con ametralladoras pesadas se enfilaron hacia la ubicación de Wiebe. El pino que lo protegía comenzó a perder corteza a medida que recibía impactos de balas.

Ralf recargó el rifle. Disparó dos veces. Acabó con la vida de esos soldados. Tenía el Sol de frente; desventaja para él. Permaneció alerta ante la ubicación de un Aliado oculto. Se desplazó lentamente hasta ubicarse cerca de Wiebe. Este giró el rostro. Ralf se llevó el índice a los labios en señal de silencio. Observó las sombras de los pinos. Respiró profundo y analizó la situación.

"Cuando de la orden te agachas y giras a la derecha."

Wiebe asintió.

Ralf observó hacia lo alto de los pinos.

"Ahora."

Wiebe se desplazó. Enredó su bota con un tronco, perdió el equilibrio y cayó.

Ralf detectó un fogonazo en uno de los pinos.

Wiebe recibió el disparo en la cabeza.

Ralf apretó el rifle, se levantó, apuntó y disparó. El reflejo del Sol en el lente del rifle de Ralf desorientó al francotirador; de igual forma también disparó. Ralf recibió el impacto en su pectoral izquierdo. El proyectil salió por su omóplato. El francotirador recibió el impacto en el ojo izquierdo. Cayó y se enterró en la nieve. Ralf perdió el equilibrio y también se enterró. El dolor era insoportable; debía actuar rápido o moriría desangrado. Se levantó, tomó el rifle, el fusil de Wiebe y caminó hacia el poblado.

Escena: 14

Tres Aliados montaban guardia en una alcabala en las afueras de las Ardenas.

Un automóvil se acercó. Uno de los soldados hizo una seña con el brazo. El vehículo disminuyó la velocidad y se detuvo en la alcabala. Era un Peugeot 201 azul marino.

El soldado observó al conductor. El chofer vestía camisa, chaleco, pantalones, boina y lentes de sol. Todo su cuerpo y ropa estaban cubiertos de excremento. El soldado se llevó la mano a la nariz.

"Gracias a Dios que lo encuentro," dijo el conductor con un marcado acento francés.

"Su identificación."

"Los nazis destruyeron mi casa y pueblo."

"Cómo escapó"

Otro Aliado se acercó.

"Tanques de guerra llegaron a mi pueblo y lo bombardearon. Me oculté en el depósito donde guardo la mierda de cerdos para abono. Un grupo de Aliados les hizo frente y los destru—"

"Y esos bidones de combustible," dijo otro soldado al observar los asientos traseros.

"El teniente Stanley me ayudó a escapar. Un nazi lo asesinó y me disparó." Señaló el impacto en el vidrio frontal.

El soldado exploró el Peugeot.

El conductor bajó el rostro y se miró el chaleco a la altura de su pectoral izquierdo. Una mancha de sangre comenzó a formarse. Dijo una oración en yídish.

El tercer Aliado se acercó y observó al conductor.

"Déjenlo pasar, es inofensivo."

Uno de los soldados apartó la barricada. El chofer accionó la marcha, pasó la alcabala y condujo el Peugeot rumbo a Alemania. En su rostro se estampó una ligera sonrisa.

Escena: 15

Ralf no pudo accionar el gatillo. Colocó abruptamente el arma en la mesa. Su respiración entrecortada duró unos segundos. Se tranquilizó. Miró su pectoral; se encontraba irrigado en sangre. Dedujo que la herida en su espalda seguía el mismo camino. Levantó el rostro y observó el arma. Finalmente posó su mirada en el suelo. Había algo en el ajado armario que le producía desasosiego. Estiró el brazo, sacó cuatro listones del piso y se apoderó de un estuche de madera. Una película de polvo lo recubría. Era cuadrado; de unos cuarenta centímetros por cinco centímetros de espesor. En sus esquinas tenía incrustado un diseño labrado en plata. Tanto su cerrojo como las dos bisagras de la cara opuesta eran labrados del mismo material. Un monograma tallado en el centro adornaba el estuche con las iniciales *RH*.

Ralf se mantuvo inexpresivo; mirada ausente, sumergida en sus recuerdos. Se armó de valor y abrió el cerrojo. Colocó sus manos en las esquinas del estuche y abrió la tapa. El interior revestido en terciopelo rojo guardaba celosamente una esvástica de madera. Ralf la agarró por una de sus esquinas. Una imagen vino a su mente; el hombre que se la regaló.

Escena: 16

"Pero mamá, así estoy bien," dijo Ralf.

"Sabes que a tu padre no le gusta que andes mal vestido," respondió la madre mientras le cepillaba el cabello. "Nuestro invitado llegará en cualquier momento."

Ralf terminó de abotonarse el cuello de la camisa.

"No me pongas esa cara," dijo la madre, "quedaste hermoso."

Ralf tenía nueve años pero parecía un hombrecito. Vestía todo de color marrón; camisa manga corta, pantalones cortos con tirantes, medias hasta las rodillas y zapatos.

La madre elevó la cabeza y aspiró. "Rudolf, se quema el cerdo." Salió de la habitación. "Termina de arreglar tu cuarto," le dijo a Ralf mientras bajaba las escaleras."

La habitación era sencilla; una cama adosada a una pared junto a la ventana, un armario de dos puertas y seis gavetas adosado en otra pared y una mesa de pino con su silla junto al armario. Frente a la mesa, una chimenea.

Ralf tomó del suelo una sierra, un martillo, un puñado de clavos y los guardó en una caja. Cuando dispuso tender la cama, el padre gritó desde el primer piso: "Ralf, llegó Hitler."

En la puerta se encontraba parado un hombre de estatura media, rostro adusto y cabello corto. Vestía traje negro con chaleco, camisa blanca, corbata negra y sobretodo. Bajo el brazo, un paquete.

"Bienvenido a nuestro humilde hogar," dijo Rudolf.

Hitler inspeccionó el lugar a medida que entraba.

"Deben mudarse de aquí."

Rudolf no supo qué responder.

Hitler lo observó.

"No tengo nada contra tu casa pero si vas a entrar en el partido debes considerar mudarte a Múnich." Giró el rostro. "Olga, cómo estas," dijo al verla salir de la cocina.

"Tiene buena memoria," respondió Olga. Le extendió la mano.

Ralf dio un brinco desde el tercer peldaño y aterrizó en la entrada.

"Qué modales son esos," dijo Olga.

"Los niños son así," respondió Hitler sonriendo. Observó a Ralf y se admiró. "Cómo has crecido desde la ultima vez que te vi."

"Sí, hace cinco años," dijo Ralf. De repente, se le quedó mirando. "Qué le pasó a tu bigote."

Olga arqueó una ceja. Ralf miró a su mamá.

"Luce mejor así." El bigote de Hitler era del ancho de su nariz. "Te traje un regalo."

"¿Para mí?"

Ralf tomó el paquete y se arqueó. En las manos de un adulto no pesaba pero sí en las de un niño.

"Qué se dice," dijo Rudolf.

"Eh, gracias señor Hitler." Miró a su mamá. "¿Puedo abrirlo?"

"Después de almorzar. Por favor pasen al comedor."

Olga se había esmerado en la cocina. Distribuidos en la mesa se encontraban un pequeño cerdo asado a la leña, una bandeja con verduras, un enorme pan negro y una torta de chocolate con nueces. Un vaso con cerveza de trigo acompañaba cada plato—menos el de Ralf.

Dcmoraron cerca de hora y media en degustar todo el almuerzo. Olga procedió a servir la torta.

"Se gastaron todos sus ahorros," dijo Hitler.

Rudolf no respondió.

Hitler posó una mano sobre el hombro de Rudolf. "Deben mudarse a Múnich; el partido necesita hombres como tú."

"¿Señor Hitler puedo abrir mi regalo?"

Olga levantó la mirada y arqueó una ceja.

"Llámame Adolf."

Ralf vio a su mamá. Olga asintió. Ralf tomó el paquete y lo colocó en la mesa. Abrió la boca de par en par cuando quitó el envoltorio.

Frente a él había un estuche cuadrado de unos cuarenta centímetros por cinco centímetros de espesor. En sus esquinas tenía incrustado un diseño labrado en plata. Tanto su cerrojo como las dos bisagras de la cara opuesta eran labrados del mismo material. Un monograma tallado en el centro adornaba el estuche con las letras *RH*.

"Son tus iniciales," dijo Hitler.

Ralf no salía de su asombro. Abrió el cerrojo y levantó la tapa. El interior revestido en terciopelo rojo guardaba celosamente una esvástica.

"Es madera de teca; la más fuerte del mundo."

Ralf la sostuvo por una de las esquinas.

"¿Qué es?"

"Un símbolo de poder," respondió Hitler con orgullo.

Ralf giró el rostro para darle las gracias. Se asustó. Encima de Hitler había una repisa en mal estado aguantando un reloj. Ralf soltó la esvástica se montó en la mesa y se lanzó encima de Hitler. Ambos cayeron al suelo. El reloj impactó en la silla de Hitler.

Diez; once; doce; trece; catorce segundos.

Ralf y Hitler se miraron directo a los ojos.

"Mujer, te dije que cambiaras esa repisa," dijo Rudolf.

"Estoy bien," respondió Hitler. Se levantó.

"Lo siento mucho; tenía que haberlo quitado de ahí," dijo Olga.

Hitler observó a Ralf.

El niño estaba pálido.

Adolf no se inmutó; en sus ojos se percibió un atisbo de admiración. Miró a Rudolf. "No me equivoqué; en unos años será útil a la nación." Le dio una palmada en el brazo y salió de la casa.

La familia se encontraba en la cocina terminando de limpiar los platos.

"Te lo dije Olga, Ralf se convertirá en un gran soldado de Hitler y líder para la raza Aria."

"No exageres; apenas es un niño."

"Mujer, no tienes visión. Hitler puso sus ojos en él."

"Adolf es un soñador."

"Te convencerías si me acompañaras a escucharlo cada vez que te invito."

"¿A Múnich? Ni lo pienses."

"Por eso no salimos de esta choza."

"Ahora es mi culpa que seamos pobres."

"Sabes que existe la oportunidad de salir de aquí."

"Partido Obrero Alemán; bonito nombre escogieron."

"Siempre con tus ironías." Giró el rostro y observó a David. "El viernes me acompañarás a Múnich. Formalizaremos nuestra unión con el partido."

"Pero papá el viernes es el cumpleaños de David."

"¿Ese maldito judío? Primero son tus obligaciones con la patria."

Ralf bajó el rostro. Sus ojos se llenaron de lágrimas.

"Mira lo que has hecho," dijo Olga a Rudolf.

Rudolf respiró profundo y colocó su mano sobre el hombro de Ralf.

"Hijo, la nación se encuentra en crisis; apenas nos alcanza con lo que puedo vender de la cosecha. Gracias a Hitler tendré trabajo y nos mudaremos a una ciudad. El ve un gran futuro en ti; no lo hagas quedar mal."

Ralf giró el rostro hacia su madre. Olga asintió. Ralf salió de la cocina, tomó el regalo y subió a su habitación. Aún se escuchaban los gritos de sus padres. Cerró la puerta y se sentó en la cama. Frente a él estaba el estuche. Pasó su índice por el monograma recorriendo cada letra. Secó sus lágrimas, se arrodilló frente al armario y sacó cuatro listones del piso. En el interior habían dos juguetes rudimentarios de madera: un avión y un caballo. Los tomó, se levantó, agarró el estuche, lo introdujo en el hueco y colocó los listones de nuevo en su lugar. Finalmente decidió utilizar un ala del avión y las riendas de cuero del caballo. Tomó un cuchillo y se puso a trabajar sobre la mesa.

Escena: 17

Ralf llevaba una hora pedaleando su bicicleta. Se acercó a una casa ubicada en un campo agrícola. Por los colores de las hojas que quedaban en los árboles finalizaba el otoño de 1919.

Cuatro personas sujetaban un mueble. Lo metieron dentro de un camión.

Ralf llegó. Aparcó la bicicleta junto a un árbol. Comprobó que los propietarios se estaban mudando. Una mujer regordeta parada en la puerta de la casa dirigía a los hombres.

"Tengan cuidado con la vitrina."

"Señora Esther ¿qué sucede?" preguntó Ralf.

"Nos vamos a Ratisbona. Abraham consiguió comprar un restaurante y una casa."

"¿Queda muy lejos?"

"Sí, en Baviera, al sureste del país."

"Mi papá me dijo que nos mudaremos a Múnich."

"Pues alégrate; Múnich queda a poco más de cien kilómetros de Ratisbona."

Ralf sonrió.

"Estaremos en comunicación," dijo Esther.

"¿Y David?"

"En su habitación. Pasa hijo."

Ralf entró y subió por las escaleras. La enorme casa de dos plantas revelaba a los Hoffnung como una familia pudiente.

"Hola Ralf," dijo David mientras guardaba parte de su ropa en una maleta. "Mañana nos vamos a Ratisbona."

"Sí, tu mamá me dijo. Disculpa que no pude venir a tu cumpleaños; tuve que acompañar a mi papá."

"No te preocupes."

"¿Te colocaron once velas en la torta?"

"No; mi mamá colocó dos velitas."

Ralf se sorprendió.

"La misma cara puse yo. Mi mamá me dijo que cada velita simbolizaba el numero uno."

"¡Ah! ya entiendo," dijo Ralf viéndose cada dedo índice, "uno y uno son once."

"Y uno más uno son dos; los años que te llevo de diferencia."

"Hola Ralf," dijo una vocecita femenina.

"Sal de mi cuarto Rebecca, es reunión de hombres."

"Hola Rebecca," dijo Ralf.

Rebecca era una hermosa rubia de siete años. Al ver a Ralf, se le pusieron las mejillas tan rojas como un tomate.

Ralf sintió lo mismo.

David lo observó.

"¿Te gusta mi hermana?"

Ralf no supo que responder.

Rebecca sonrió y salió del cuarto gritando de la emoción.

Ralf observó la cantidad de ropa y juguetes amontonados en un rincón.

"Mis padres y tíos llenaron el cuarto," dijo David.

Ralf hurgó en el bolsillo de su pantalón. Sacó un objeto y lo colocó en la mano de David.

"Feliz cumpleaños."

David lo observó. Bajó el rostro. Volvió a mirar a Ralf. No supo que decir.

"No es gran cosa," dijo Ralf.

"¿No es gran cosa?; vale más que todos mis juguetes." En su mano reposaba una pequeña *Estrella de David* de madera ajustada a un cordón de cuero. La tomó y se la colocó en el cuello. Lo abrazó tiernamente.

"¿Cómo dices Estrella de David en tu idioma?"

"¿En yídish?"

"Sí."

David le enseñó la pronunciación exacta.

"¿Y juguetes?"

David le dijo el equivalente en yídish.

"Cuántos idiomas sabes."

"Alemán, polaco, yídish y un poquito de inglés."

"Sabes muchos."

"Mi mamá dice que tengo facilidad para los idiomas. Cuando sea grande quiero ser profesor."

Ralf se llevó el dedo índice a los labios y pensó.

"Yo prefiero ser carpintero."

"Los idiomas son fáciles de aprender."

"Cómo se dice carpintero en polaco."

David le dijo el equivalente. Ralf le recitó una lista de palabras. David se divirtió traduciéndoselas.

"¡Ah!; ¿y camión?"

"¿Como ese que está parado afuera?"

"Sí."

David le enseñó el equivalente en yídish. En ese momento cambió su semblante. "Nos vamos lejos de aquí."

"No te preocupes, mi papá me dijo que nos mudaremos a Múnich y tu mamá me acaba de decir que Ratisbona no queda lejos."

"Mi tía Martha vive en Múnich. Le diré a mi papá que los fines de semana me lleve a casa de su hermana. Así podré estar con mi mejor amigo."

"Y me enseñarás a hablar en yídish."

David sonrió.

Escena: 18

Darko, jefe de meseros, sostenía hábilmente una torta mientras salía de la cocina. Si se le ocurría elevarla un centímetro más se quemaría el bigote. El postre tenía incrustadas veintinueve velas. Abraham se levantó y comenzó a cantar en yídish. Cincuenta invitados lo imitaron. Darko se abrió paso entre las personas. Llegó a la mesa y observó a los comensales. Abraham se encontraba en un extremo; a su izquierda, sus hijos David y Rebecca de espaldas a la ventana; su hermano Isaac en el otro extremo; su hermana Martha frente a Rebecca y su esposa Esther frente a David.

Darko colocó la torta en la mesa. "Feliz cumpleaños señor David."

"Me estoy poniendo viejo."

"¿Viejo?; luces espectacular," dijo Esther.

"Madre, el próximo año estoy en los treinta."

"Pues brindemos por eso," dijo Abraham.

Los invitados levantaron sus copas.

"Traeré más vino," dijo Darko.

"La torta se va a derretir," dijo Rebecca.

David se inclinó y sopló las velas. Levantó la cabeza y observó a su madre. Esther estaba pálida. David giró el rostro en dirección a la ventana.

Del otro lado de la calle estaba aparcado un Mercedes Benz 770 negro.

La puerta del restaurante se abrió. Ralf entró escoltado por dos soldados que permanecieron en la puerta portando sendas ametralladoras. A cuatro comensales se les cayeron las copas de las manos.

Ralf mantenía una implacable mirada. Su traje negro, insignia, guantes blancos y la banda roja con el sello de la esvástica en el brazo izquierdo demostraba que era un *Sturmbannführer*—comandante—de la *Leibstandarte*.

Abraham se volteó. Ralf lo agarró por el cuello y lo

pegó contra la mesa. La cabeza de Abraham aplastó la torta.

"Enloqueciste Ralf," dijo David.

"Este maldito asesinó a mi padre."

"Eso fue un accidente," dijo Esther temblando de los nervios.

Ralf no quiso escuchar. Abrió el estuche y sacó su pistola Luger.

"Señor Ralf qué está haciendo."

"No te metas Darko," dijo Ralf sin apartar la mirada de Abraham.

Darko sujetaba dos botellas. Intentó mantenerse sereno. "Su padre se ahogó al comerse una ciruela. El señor Abraham intentó auxiliarlo pero su padre no quiso que lo tocaran. Soy testigo de ello."

Ralf giró el rostro y lo miró. Darko le sostuvo la mirada. Ralf le disparó en la pierna derecha cerca de la rodilla. Darko y las botellas impactaron el suelo.

"Te dije que no te entrometieras yugoslavo inmundo."

Ralf apuntó hacia la cabeza de Abraham.

"Por favor Ralf no lo hagas," dijo Esther entre lágrimas. "Nosotros te amamos como a un hijo."

El rostro de Abraham estaba del color de los guantes de su verdugo. Ralf miró a David y Rebecca sin dejar de apuntarle a Abraham. Le soltó el cuello, dio media vuelta y se retiró. Esther abrazó a su esposo. Dos meseros auxiliaron a Darko.

Isaac se acercó. "¿Hermano te encuentras bien?" dijo en yídish.

"Un poco adolorido," respondió Abraham.

"Cómo cambió el joven Ralf; no es el niño que venía a mi casa," dijo Martha.

"Esa ideología le turbó el cerebro," protestó Isaac.

Los invitados se acercaron.

Rebecca giró el rostro hacia la ventana. Ralf se encontraba parado junto al Mercedes Benz. Hizo una seña a uno de los soldados. Estos se montaron en el vehículo. Ralf caminó hacia el puente de piedra que conectaba la ciudad. Rebecca aprovechó la distracción de los invitados. Se levantó y salió del restaurante por la puerta de la cocina.

Ralf mantenía la mirada perdida mientras observaba el río Danubio.

"Gracias por no matar a mi padre," dijo Rebecca.

Ralf permaneció en silencio.

Rebecca quiso tocarlo pero se cohibió.

"No deberías estar aquí," dijo Ralf en tono pausado.

A lo lejos se veía el Mercedes Benz acercarse.

"No dejes que esa ideología destruya lo que hay en tu corazón."

Ralf volteó y la miró directo a los ojos. "Lo nuestro no puede ser." Pasó su mano entre el cabello de ella.

Rebecca le tomó la mano. "Puedo pintarme el cabello, cambiar mi identidad, me mudo a Múnich si me lo pides."

"¿No lo entiendes?; tu sangre, es sucia."

A Rebecca se le llenaron los ojos de lágrimas.

El Mercedes se detuvo en el puente. Ralf abrió la puerta trasera. Se montó y dio la orden al conductor.

Rebecca se llevó la mano al pecho. Vio alejarse el vehículo.

Escena: 19

El tren que se desplazaba desde Pomerania en el litoral báltico era tan largo que parecía una enorme tubería sobre rieles. Sus dos locomotoras arrastraban quince vagones. Dos de los vagones eran antiaéreos; uno tras las máquinas; el otro en la cola. Por fuera el tren parecía una fortaleza pero su interior no tenía nada que envidiarle a un hotel de lujo: paredes en madera, piso recubierto de terciopelo, lámparas tipo araña y mobiliario en finos acabados.

Ralf permanecía sentado en el vagón de operaciones. Observaba el paisaje a través de la ventana. Aunque la cabina del *führer* se mantenía cerrada, Ralf pudo escuchar los gritos de Hitler.

"¿Cómo es posible tantas bajas en la Leibstandarte?; ciento ocho muertos, doscientos noventa y dos heridos, catorce gravemente heridos, tres desaparecidos y quince muertes accidentales. Esto es inaceptable."

La puerta de la cabina se abrió.

Ralf se levantó.

"Pasa hijo," dijo Josef Dietrich.

Ralf entró en la cabina. Todos voltearon a verlo. Su imponente figura hacía quedar en ridículo a los Generales de la Wehrmacht.

"Siéntate aquí y no digas una palabra," dijo Dietrich.

"Para qué lo traes," dijo el General von Brauchitsch.

Dietrich posó una mano en el hombro de Ralf y dijo a Hitler: "La *Wehrmacht* estuvo feliz de lanzarlos al campo de batalla bajo circunstancias desfavorables."

"La *Leibstandarte* no está entrenada para la batalla," replicó von Brauchitsch. "No tienen conocimiento ni destreza en estrategias militares."

En la mirada de Dietrich se percibía impotencia.

"Es el precio que tuvieron que pagar por ser policías con uniforme militar," concluyó von Brauchitsch.

Hitler golpeó la mesa. Los documentos que habían en ella cayeron al piso.

"Estoy enfermo de la eterna enemistad heredada entre la Wehrmacht y la SS. No voy a tolerar esto. Aprenderán a trabajar en equipo."

El silencio se apoderó del lugar.

Hitler se tranquilizó y observó a Dietrich. Se acercó y clavó su mirada en Ralf.

"Habrán alteraciones en la cadena de mando."

En el rostro de Dietrich se percibió una ligera sonrisa.

El General von Brauchitsch enrojeció de la ira. Lanzó una mirada asesina a Dietrich y Ralf.

Ralf no se inmutó.

Escena: 20

La multitud reunida en la plaza de Wenceslao en Praga gritaba eufórica ante las tropas de la *Leibstandarte* a medida que marchaban frente a ellos. El movimiento de las botas y la coordinación que llevaban demostraban su poderío militar.

Ralf comandaba uno de los batallones. Las mujeres sentían palpitaciones al verlo—esto se debía en parte a sus casi dos metros de estatura, impecable traje negro y el ángulo conque el Sol lo iluminaba.

Las tropas ingresaron por las puertas ornamentadas del castillo. Se formaron y dejaron libre la entrada.

No habían transcurrido veinte minutos cuando Hitler arribó e inspeccionó la guardia de honor. Se paró frente a Ralf. Le extendió el brazo derecho. Ralf le estrechó la mano.

"Buen trabajo hijo."

"Gracias mi *führer*."

Hitler siguió y entró al castillo.

Ralf se dispuso romper filas. Un soldado se acercó, se paró firme frente a él y extendió el brazo derecho.

"Qué sucede soldado."

"Comandante; es su madre."

Escena: 21

El Mercedes Benz de Ralf venía tan rápido por una calle de Múnich que poco le faltó para arrollar a una señora que se dignó cruzar la calle en ese momento. Ralf viró en una intersección donde abundaban mansiones. Aparcó el Mercedes en la casa más opulenta.

Olga se encontraba tendida en la cama; agonizaba. Una enfermera la cuidaba.

Ralf entró a la habitación, se sentó junto a su madre y le tomó la mano. Olga abrió los ojos lentamente.

"Mi niño querido." Comenzó a toser.

"Señora, no es bueno que hable," dijo la enfermera.

"Cállese," ordenó Ralf.

"Hijo, respétala; es un ser humano."

"Madre, no empieces."

"No quiero irme sabiendo que todavía albergas odio en tu corazón."

"Tu no te vas a ir; sanarás, ya verás."

Olga volvió a toser. Miró a Ralf directo a los ojos. "No te olvides de ellos."

Ralf endureció el rostro.

A Olga se le llenaron los ojos de lágrimas. Comenzó a respirar con dificultad.

"Hijo."

Ralf apretó la mano de su madre. Olga susurró. Ralf acercó el oído. Ella le dijo unas palabras y murió.

Escena: 22

Ralf conducía su vehículo la noche del martes 6 de junio de 1944. Lo acompañaba una exótica mujer. En el asiento trasero reposaban dos botellas de vino tinto y una caja de tabacos.

Ralf estaba a dos bloques del edificio donde vivía Loki. Notó un movimiento extraño en una callejuela. Aparcó el Mercedes Benz en el siguiente bloque.

"Espérame aquí," dijo a la mujer.

Bajó, caminó y se ocultó detrás de unos arbustos.

Un hombre calvo aguardaba junto a un Mercedes Benz 170H vinotinto. Los movimientos de su cabeza y manos delataban sus nervios.

La mirada de Ralf parecía la de un tigre al acecho.

Loki salió de un edificio. Se acercó al hombre, le dijo unas palabras y le entregó un sobre.

Ralf no tuvo expresión en el rostro.

El hombre asintió, le estrechó la mano y se montó en el vehículo.

Ralf se mantuvo agachado. Retrocedió y caminó a paso veloz. Abrió la puerta trasera y sacó los regalos.

"¿Qué sucede cariño?" preguntó la mujer al bajarse.

Ralf le entregó las cosas.

"Se me olvidó algo. Ve y entretén a Loki."

Ralf se montó y arrancó a toda velocidad.

Escena: 23

Una botella rompió el vidrio de una ventana en el apartamento del quinto piso y se estrelló en la acera de la calle principal. La puerta del edificio se abrió. Salió corriendo la exótica mujer. Estaba semidesnuda. En su rostro se percibía terror.

La sala del apartamento de Loki lucía destruida.

"Maldito espía," gritó Ralf.

Tenía a Loki en el suelo. Una rodilla montada en el pecho aseguraba la inmovilidad. La mano izquierda le apretaba el cuello; con la derecha le golpeaba la cara.

"Para quién trabajas."

Dos, tres, cuatro, cinco impactos.

La boca y ceja izquierda de Loki estaban bañadas en sangre.

"Responde Loki; o debería llamarte Forseti."

La sangre le tapaba el ojo a Forseti; aun así Ralf percibió el asombro de su enemigo. Abrió el estuche del arma; estuvo a punto de sacarla. Forseti aprovechó el descuido. Agarró a Ralf por el traje a la altura del pecho y le dio un cabezazo en la boca. Ralf se aturdió; soltó el arma y se fue hacia atrás. Forseti se levantó, tomó la pistola y se apoyó en la misma posición que Ralf lo había tenido a él. Ralf forcejeó. Forseti le golpeó la cara.

"Tranquilízate," gritó Forseti. "No quiero seguir haciéndote daño. Eres como un hermano para mí."

Ralf tenía partido el labio superior. Manaba abundante sangre.

Forseti se levantó y se pasó bruscamente la mano por la cara. Se limpió el exceso de sangre.

"Para quién trabajo no es importante sino el objetivo de la misión. El ideal de Hitler, su lucha, desvió por completo la balanza de la racionalidad. *PERDIERON EL RUMBO*."

Ralf escupió la sangre acumulada en su boca.

"Utilicé tus brillantes estrategias militares y las desvié hacia otro frente," continuó Forseti. Respiró profundo. "Las fuerzas Aliadas llegaron a Normandía."

Ralf palideció.

Forseti le extendió la mano. Ralf no quiso tomarla. Forseti se la agarró, lo levantó y entrelazo su brazo con el de él. Se miraron directo a los ojos.

"Tienes una lucha interna; lo sé. Ese el primer paso." Agarró la mano de Ralf y le entregó la pistola.

Ralf bajó el rostro. Forseti le dio la espalda. Ralf levantó la mirada. Apretó el arma y le apuntó a Forseti en la columna vertebral.

Cuatro; cinco; seis; siete; ocho segundos.

"Te traicionan tus pensamientos; siento la bondad en tu interior; el conflicto." Giró el rostro. "Acompáñame; necesito mostrarte algo." Caminó hacia la entrada.

Ralf se guardó el arma. Tomó una servilleta de tela, se limpió la herida y acompañó a Forseti.

Escena: 24

Forseti conducía su Mercedes Benz 230 Lang por una carretera angosta cercana a un bosque. Ralf miraba el paisaje. Ninguno abrió los labios en las dos horas que duró el trayecto. Llegaron a una curva. Forseti aparcó a un lado de la vía y apagó el motor. Se bajaron e internaron en el bosque. Por la forma como Ralf observó la zona demostraba que no la conocía. Se detuvieron en un área talada del bosque. Ralf se sorprendió. Forseti se paró a su lado.

"Tu dedicación a la *Leibstandarte* te impidió enfrentarte a esto."

Ralf mantuvo la vista al frente.

"Esto," continuó Forseti, "es la otra cara de la realidad." Dio media vuelta y se retiró.

Ralf lo observó. Retornó la mirada al frente. Apretó sus mandíbulas. Dio media vuelta y se retiró. A sus espaldas había una fosa común repleta de cadáveres.

Escena: 25

Ralf se mantuvo inexpresivo; mirada ausente, sumergida en sus recuerdos. Se armó de valor y abrió el cerrojo. Colocó sus manos en las esquinas del estuche y abrió la tapa. El interior revestido en terciopelo rojo guardaba celosamente una esvástica de madera. Ralf la agarró por una de sus esquinas. La imagen de un hombre vino a su mente; Adolf Hitler. Cuatro palabras retumbaron en sus oídos: *«Un símbolo de poder»*

Ralf tomó la sierra, la apretó y colocó la zona dentada en la esvástica. Ahora retumbaron nueve palabras en sus oídos: *«Es madera de teca; la más fuerte del mundo»*

Ralf agarró la esvástica por el núcleo con una mano y por una de las esquinas con la otra. Respiró profundo y tensó los músculos. Sangre brotó de las heridas en su pectoral y omóplato izquierdos. La esvástica no cedió. La puso en la mesa y trató de tranquilizarse. Giró el rostro y miró su pectoral; la herida seguía manando sangre. Un recuerdo vino a su mente; el secreto que le reveló Olga antes de morir: *«¿Recuerdas a tu abuela? Mamá y yo tenemos el mismo linaje. Nunca lo olvides; todo lo que nace de un vientre judío, permanece judío»*

La furia invadió su rostro. Tomó la esvástica y comenzó a tensarla. Sus mandíbulas oprimían de tal forma sus dientes que parecía se fueran a pulverizar. Las venas de la frente le brotaron. La esvástica empezó a ceder.

La adrenalina se apoderó de su cuerpo. Comenzó a gritar. Sus ojos se inyectaron de sangre. El primer tramo de la esvástica se fracturó. Tomó otro extremo y lo fracturó; y otro; y otro. Cuando desmembró el último tramo, el esfuerzo fue tan grande que la palma de su mano derecha pasó accidentalmente por los dientes de la sierra y se abrió una herida profunda.

Soltó la madera y se sujetó la muñeca. Tomó un

puñado de clavos de la caja y los colocó abruptamente en la mesa. Buscó el martillo. No lo encontró. Usó la pistola. Colocó dos travesaños, puso el clavo y comenzó a martillarlo con la culata de la Luger. Tomó otros clavos e hizo lo mismo con varios travesaños.

Ralf se debilitó. Soltó la pistola y miró sus manos; estaban ensangrentadas. Agarró la madera empapada en sangre y la observó. Había transformado la esvástica en una Estrella de David.

Escena: 26

Ralf miró a David directo a los ojos. Sacó la pistola Luger del bolsillo de su abrigo y le apuntó directo al semblante. Accionó el gatillo dos veces. Los soldados recibieron el impacto en la frente. Cayeron de rodillas y se fueron boca abajo llevándose a David al suelo. Ralf guardó su arma. Se arrodilló, sacó a David de entre los cadáveres y se lo colocó entre las piernas. David lo vio y perdió el conocimiento.

"Amigo noooo," gritó Ralf.

Un mecanismo que no operaba en Ralf de pronto funcionó: lágrimas invadieron sus ojos. Aunque Ralf quisiera darle ordenarles a sus lágrimas para que detuvieran el flujo, el sentimiento que lo albergaba era mayor que él. Su alma se desgarró. Recostó la cabeza de David en su pecho y lo abrazó. David no reaccionó. Ralf se dejó llevar por el dolor que sentía. Comenzó a mecerse y besarle la cabeza a David. Si no fuera por la brisa que pasó en ese momento por el bosque hubiese parecido que los pinos entendían su sufrimiento. Las ramas se mecían al compás que llevaba el General nazi.

Dieciocho; diecinueve; veinte segundos.

David exhaló. Ralf abrió los ojos y lo observó. Tomó a su amigo y lo cargó. Dio media vuelta y se detuvo. Forseti estaba parado frente a él. Sujetaba el arma. Se miraron directo a los ojos. Ralf colocó lentamente a David en el suelo. Se levantó y miró a Forseti.

"Sabes lo que tienes que hacer."

Forseti titubeó.

"Cumple tu palabra," ordenó Ralf.

Forseti apretó las mandíbulas. Miró a David, luego a Ralf. Respiró profundo.

"Gracias amigo," dijo Ralf.

El jueves 29 de marzo de 1945 en ese bosque de Austria, se escuchó un disparo.

Escena: 27

Un pelícano disfrutaba la brisa mientras planeaba cerca de la costa. Movió sus alas, descendió y se posó en el velero de Manuel.

David observó el atardecer. Dejó que su piel absorbiera los rayos del Sol que al tocar el horizonte pinceló el cielo en tonos naranja y lila.

Ramón mantenía la boca abierta; no dejaba de mirar a David. Sujetaba un coco entre sus manos. Una mosca se detuvo en sus labios. Ramón escupió.

"Coño e tu madre ve a jodé pa otro lao."

David lo observó.

"Pero señor David, cómo supo quel señor Fuertote mató a ese hijo e puta."

"No lo sé; lo último que recuerdo fue cuando Ralf me apuntó con su arma. Al despertar me encontré en el vehículo de Forseti. Supongo que él me rescató."

Ramón se bebió el coco.

"¿Busco otro?"

"No Ramón, estoy bien así."

Habían veinte cocos abiertos incrustados en la arena.

"Gracias a la virgencita que usted está bien. Ya verá, Venezuela le encantará."

David sonrió y miró el atardecer. Una voz se escuchó a lo lejos. David sintió un escalofrío en la nuca. Giró el rostro.

Manuel se acercaba. Lo acompañaba Forseti.

"Válgame Dios," dijo Manuel al mirarlos, "están aquí."

"¿Pué dónde má íbamos a está?"

David se levantó y observó con emoción a Forseti. Corrió y lo abrazó.

"Me alegra que estés bien," dijo Forseti.

"Con razón usted se llama Fuertote," dijo Ramón al verle el porte y altura.

Forseti se extrañó y sonrió.

"Usted debe ser Ramón."

"Cómo coño lo sabe."

Forseti lanzó una furtiva mirada a Manuel. Le extendió la mano a Ramón. "Me llamo Roberto Garnack. Forseti fue mi nombre clave."

Ramón le estrechó la mano. "Que arrecho es usted."

Roberto sonrió.

"¿Es alemán?"

"Ahora entiendo lo que me dijiste," dijo Roberto a Manuel. Miró a Ramón. "Soy español."

"Ya vá, no me diga. Si usted es español su país es... ¿España?"

Roberto asintió. Miró a David.

"Tengo tantas cosas que agradecerte," dijo David.

"Mi deber es protegerlos."

"¿Protegernos?"

Roberto se hizo a un lado.

David volvió a sentir un escalofrió en la nuca. Su rostro palideció.

Parada junto a un cocotero estaba una mujer de cabellos cortos y chispeantes ojos azules. Su mano derecha sujetaba un bastón.

"¿Rebecca?" dijo David al verla. Sus ojos se llenaron de lágrimas. Corrió hacia ella. "Hermanita."

La ternura del abrazo hizo llorar a Ramón.

David la besó continuamente en la frente. Ella no lo soltó. David giró el rostro hacia Roberto.

"Cómo."

"Un amigo."

Rebecca sonrió. Sus ojos estaban inundados en lágrimas.

"Señora, siento mucho lo que le pasó a su hermano," dijo Ramón entre lágrimas.

"Gracias por cuidarlo."

"Lo alimenté muy bien."

"Deben irse ya;" dijo Manuel, "está anocheciendo. Pueden seguir la plática en la carretera."

David se secó las lágrimas y posó una mano en el

hombro de Manuel.

"Gracias amigo."

"Siempre estaré a la orden para lo que necesiten. Vendré a visitarlos cada verano. Por cierto Roberto, debes ocuparte de su entrada legal."

"Ya está arreglado."

"No se olvide de mí señor David," dijo Ramón.

David abrazó a Manuel y se acercó al pescador. "Ya sé dónde puedo venir a comerme el mejor pargo frito." Posó una mano en el hombro de Ramón. "Gracias amigo."

Se abrazaron.

David agarró la mano de Rebecca y caminaron poco a poco. Ella cojeaba de su pierna derecha. Roberto los acompañó. Mientras se alejaban se podía escuchar la conversación entre Manuel y Ramón.

"¿Me cuidaste el velero?"

"Claro que sí, no vé cómo está."

"Y qué hace ese pelícano parado ahí."

"¿Se vá arrechá por eso? solo es una cagaíta."

"¿Una cagaíta? ¿una cagaíta?"

"Yo se lo limpio."

"Más te vale."

"Pero no se arreche."

"Pues verás lo que es un portugués hecho una furia."

Escena: 28

Un Packard 120 blanco se desplazaba por una carretera curvilínea bordeando una montaña. Manejaba Roberto. Atrás iban Rebecca y su hermano.

"No lo creo," dijo David.

Roberto observó por el retrovisor.

David miraba por la ventanilla. Su rostro permanecía inexpresivo.

Rebecca vio a Roberto. Hizo una seña con los ojos.

"¿Reconocerías su letra?" preguntó Roberto.

David asintió sin dejar de mirar por la ventanilla.

Roberto volvió a observar a Rebecca por el retrovisor. Le afirmó con un movimiento de cabeza.

Rebecca sacó un sobre de su cartera.

"Esto es para ti."

David giró el rostro, lo agarró y observó. Dos cosas llamaron su atención; estaba manchado de sangre y un escrito en una de las esquinas de la cara frontal.

Investigar a Sven.
Teniente de la Wehrmacht.
Mercedes Benz 170V negro.
Matrícula: WH-24840

David volteó el sobre; quedaba la mitad del sello rojo. Sacó la hoja y la extendió.

"Quisiera darle órdenes a mi mano para que sostenga el lápiz como es debido pero la herida me lo impide; me lastimé un tendón.

Heridas; soy experto en ellas; tengo tres pero regalé miles a mis enemigos. No les dio tiempo de curarse.

¿Esta herida por qué no impactó mi corazón? Maldito francotirador hubieses acertado; acabarías con la infección que destruyó mis emociones; ahora soy un

cuerpo escondido en un traje militar.

Quisiera haberle agradecido a mi madre cuando estuvo viva pero mis labios perdieron el hábito de ello. ¿Madre, me escuchas? Gracias por regalarme esta sangre; está drenando el veneno.

Rebecca, cuando acaricié tu cabello, tu perfume me embriagó. Maldita voluntad, por qué no te lo dije. TE AMO.

David, solo tú comprendes lo que es la verdadera amistad. Si sobrevives, por favor has una cosa; VIVE.

Las palabras me fallan y mi alma está muerta. Espero que algún día pueda encontrar la Luz."

David dobló la hoja y la guardó en el sobre. Recostó su cabeza en el vidrio e intentó ver el paisaje. Sus sentimientos estaban tan mezclados que no quiso pensar en nada. De una cosa estaba seguro; Ralf dijo la verdad.

¿Has leído una película últimamente?

Anura®: El Manto

David Laurel se unirá a fuerzas alienígenas en un viaje insólito a través del tiempo y el espacio que cambiará su destino como el Anticristo designado por los antiguos dioses. Las fuerzas del mal lo cazarán a muerte para evitar que David modifique la profecía y así cree una realidad alterna. Esta es una historia de amor y compasión donde incluso el mismísimo Jesucristo ayudará a David a redimirse en un acto heroico que liberará su espíritu hacia un estado de conciencia unificada y así reestablecer la paz en la galaxia. El primer *anura®* de la trilogía aborda los eventos expuestos en la primera cláusula sintáctica de la sinopsis.

Para más información:
el-manto.com

Disponible en amazon.com y sus filiales del mundo.

Acerca del Autor

DANIEL DE CORDOVA nació en la ciudad de Caracas el 4 de Julio de 1973. Tras una década de formación en las artes aplicadas, decidió incursionar en la cinematografía y se graduó *summa cum laude* en el 2002. Como cineasta ha realizado siete películas. Su último trabajo: *Un Símbolo de Amor*, ganó la competencia organizada por los estudios 20th Century Fox Internacional en Venezuela y logró calificar para una nominación a los Premios de la Academia. En el 2006 se radicó en Estados Unidos y emprendió su carrera literaria. Su novela debut: ***La Estrella de David***, fue doblemente laureada con los prestigiosos *International Latino Book Awards*— galardones que se entregan a las mejores novelas hispanas del año en los Estados Unidos—y suficiente para que Las Naciones Unidas solicitara el aporte de Daniel en la búsqueda de soluciones creativas ante la crisis que atraviesa el planeta debido al recalentamiento global. Su nuevo *anura®* ***El Manto***, es una saga épica en tres reminiscencias y su poderoso cortometraje ***Soldaditos***, fue transferido al formato *anura®* para el deleite de los lectores.

Para más información:
danieldecordova.com

Síguelo en twitter:
*@**danieldecordova***

Síguelo en facebook:
decordovadaniel

Made in the USA
Lexington, KY
11 March 2013